Janet Tashjian

# Mein Leben als Comiczeichner

Weitere Titel der Autorin:

Mein Leben als Superagent

Mein Leben als Stuntboy

Titel in der Regel auch als E-Book erhältlich

Janet Tashjian

# Mein Leben als Comic-zeichner

Aus dem amerikanischen Englisch
von Yvonne Hergane

Mit Cartoons von
Jake Tashjian

Boje

MIX
Papier aus verantwortungsvollen Quellen
FSC® C014496

Papier: holzfrei Schleipen-Werkdruck,
der Cordier Spezialpapier GmbH

Dieser Titel ist auch als E-Book erschienen

Titel der englischsprachigen Originalausgabe:
»My Life as a Cartoonist«


Umschlaggestaltung: Kirstin Osenau
Satz: Siebel Druck & Grafik, Lindlar
Gesetzt aus der Comic Sans
Druck und Einband: GGP Media GmbH, Pößneck

Printed in Germany
ISBN 978-3-414-82360-1

5 4 3 2 1

Sie finden uns im Internet unter: www.boje-verlag.de

Für Grammy, Oma und Pop

BANK
Da! Eine Robbe!
Wie süß!
Oooohhh!
HER MIT DER KOHLE!
Oh Nein!
Da kommt Super-Frank
Jetzt hast du Grund zum Heulen, du Heuler!
Jipiiiiee!
DANKE, Super-Frank
Das Ende einer Bank-robberei
Unser Held!

# Super-Frank!

»Echt klasse!«, sagt Dad und legt den Comicstrip hin. »Du machst wirklich Fortschritte beim Zeichnen.«

Fortschritte

Ich schaue auf meine Arbeit. »Aber meine Schrift! Ich kann mich anstrengen, wie ich will, die Schrift sieht immer aus wie bei einem Zweitklässler.«

professionell

»Ja, es braucht sehr viel Übung, bis eine Schrift professionell aussieht.«

Na super - weil das ja genau das ist, was man sich als Kind so wünscht: den ganzen Nachmittag drin zu hocken, während draußen die Sonne scheint, und eine Seite nach der anderen mit Großbuchstaben zu füllen.

Mein Vater schlägt meinen Zeichenblock zu und reicht ihn mir zurück. »Schade, dass Frank nicht weiß, dass er der Star deiner Comicstrips ist. Er wäre bestimmt geschmeichelt.«

Wenn Dad wüsste, dass ich Frank meine Skizzen schon längst gezeigt habe. Vielleicht bilde ich mir das nur ein, aber so, wie mein Kapuzineraffe dabei auf und ab gehüpft ist, bin ich mir sicher, dass er sich wirklich geschmeichelt fühlte.

sich geschmeichelt fühlen

»Essen!«, ruft Mom aus der Küche. »Es gibt Makkaroni mit Käse und geschmorten Tomaten. Hände waschen und ab an den Tisch!«

Dad und ich schauen einander an und verziehen das Gesicht.

das Gesicht verziehen

»Wie kann sie so was Leckeres wie Makkaroni mit Käse dadurch versauen, dass sie diese ätzenden geschmorten Tomaten reinschmeißt?«, frage ich.

»Du weißt doch, Mom mogelt in jedes Essen irgendwas Gesundes rein«, raunt mein Vater zurück. »Diesmal muss ich dir wirklich Recht geben – eine Sünde, die Makkaroni so zu zerstören.«

Als ich meinen Zeichenblock beiseite packe, wird mir klar, dass Dad mir gerade unbeabsichtigt die Idee zu meinem nächsten Comicstrip geliefert hat: SUPER-FRANK UND DIE MAKKARONI-ZERSTÖRERIN.

unbeabsichtigt

Ich kann's kaum erwarten, morgen in Mrs Tylers Unterricht damit anzufangen.

# Der neue Mitschüler

Als ich Matt den neuen Super-Frank-Strip zeige, findet er ihn gut, aber er sagt, da müsste noch mehr Action rein.

Geiseln

»Wie wär's, wenn die böse Robbe Geiseln nimmt und Super-Frank die Bank stürmen muss, bevor sie in die Luft fliegt?«

Wenn man von der Robbe und dem Affen absieht, klingt Matts Idee wie die Handlung von der Million Filmen, die wir uns in den vergangenen Jahren zusammen angeschaut haben. Aber weil er mein bester Freund ist, sage ich ihm, ich fände die Idee klasse.

»Wie wär's, wenn die Robbe einen Sombrero trägt?«, fährt Matt fort. »Und so einen langen Munitionsgürtel über 'nem Taucheranzug.«

Ich versuche mir vorzustellen, wozu ein Bankräuber mit Sombrero einen Taucheranzug brauchen könnte. Ich beschließe es als Herausforderung zu sehen - ich muss mir eben eine Geschichte ausdenken, wo genau diese Zubehörteile für die Handlung unabdingbar sind.

Matt und ich bleiben beide gleichzeitig auf dem Flur stehen und reden weiter. Wir tun so, als wären wir nur stehen geblieben, weil das Thema so wichtig ist, aber das ist eine Ausrede. Der wahre Grund ist, dass Carly vor ihrem Schließfach steht und mit Crash redet, der eine Klasse über uns ist. Crash trägt seine übliche Schuluniform, bestehend aus Flip-Flops, ausgefransten Surf-Shorts und schlab-

Sombrero

sich vorstellen

ausgefranst

berigem T-Shirt. Carly und er haben sich vor einem Monat in einem Surf-Ferienlager in Santa Monica kennengelernt, und seitdem verbringt sie genauso viel Zeit mit ihm wie mit Matt und mir.

Als sie uns sieht, winkt sie uns zu, während Crash sich nicht mal zu einem Kopfnicken herablässt, obwohl sie uns schon hundertmal einander vorgestellt hat.

arrogant

»Das ist der arroganteste Schnösel der ganzen Schule«, sagt Matt. »Ich weiß echt nicht, was sie an dem findet.«

»Wenn er sich nicht endlich mal die Haare kämmt, hat er bald Dreadlocks«, sage ich.

»Dann wäre er wenigstens ein *bisschen* cool«, gibt Matt mir recht.

»Was kommt wohl als Nächstes? Ein Tattoo?«

»Dann wäre er der einzige Tattoo-

Träger an der Schule – wenn man die Lehrer nicht mitzählt.« Seit ein paar Jahren hat so ziemlich jeder Lehrer bei uns mindestens zwei Tattoos.

Als Carly auf uns zukommt, wechseln wir sofort das Thema. Sie hat keine Ahnung, dass ihre zwei besten Freunde gerade über sie geredet haben, und plappert wie immer munter vor sich hin. »Habt ihr den Neuen schon gesehen?«, fragt sie.

»Deinen ach-so-tollen Crash?«, gebe ich zurück.

»Er ist nicht *mein* Crash!« Carly wird ganz rot und knufft mich in die Seite. »Hast du nicht gehört, was Ms McCoddle gesagt hat? Wir kriegen einen neuen Mitschüler. Er hat von einer anderen Schule gewechselt, heute ist sein erster Tag bei uns.«

hinüberwechseln

Bei den Worten frage ich mich, wie viel wohl sonst noch so an mir vorbeigeht, wenn ich während Ms McCoddles Stunden in meinen Zeichenblock kritzele.

»Er heißt Umberto«, erklärt Carly. »Hab ihn vorhin gesehen. Scheint richtig nett zu sein.«

»Das sagst du doch über jeden«, sage ich.

»Stimmt nicht. Toby zum Beispiel ist ein Idiot und das sage ich ihm jederzeit auch ins Gesicht.«

Matt lacht, aber ich staune, wie viel selbstbewusster Carly in den letzten Wochen geworden ist. Haben die was in den Pazifik gekippt, oder liegt das an der vielen frischen Luft, die sie eingeatmet hat? Oder kommt Carlys neues Selbstvertrauen daher, dass sie so viel mit ihrem Freund Crash abhängt?

Selbstvertrauen

Es klingelt, und wir gehen ins Klassenzimmer. Seit Neuestem ist Ms McCoddle auf dem Einmal-um-die-ganze-Welt-Trip, was die Dekoration angeht, und diese Woche ist Ägypten dran – die Wände sind voll mit Abbildungen von Hieroglyphen, Pyramiden und der Sphinx. Im letzten Monat war China unser pädagogisches Reiseziel – ich hatte gehofft, wir würden neben den Bildern wenigstens auch Ingwerhähnchen oder süßscharfe Suppe zu Mittag kriegen, aber falsch gedacht.

Hieroglyphen

Carly streckt die Arme aus, als wäre sie so eine Fernsehtussi, die beim Glücksrad die Buchstaben umdreht. »Derek, Matt, darf ich euch Umberto vorstellen?«

Ich war so in die Hieroglyphen versunken, die über dem Smart Board hängen, dass ich fast über einen Jungen gefallen wäre, der ein T-Shirt mit Lakers-Schriftzug trägt und kurz geschorene Haare hat. Er hat mit seinem Rollstuhl direkt zwischen mir und meinem Pult geparkt.

Ich sage zu Umberto, dass es mich freut, ihn kennenzulernen, aber bevor er antworten kann, fordert Ms McCoddle uns auf, uns hinzusetzen. Umberto steuert mit seinem Rollstuhl flink ein neu aufgestelltes Pult gleich neben meinem an. Ich hab solche Dinger schon in anderen Klassenzimmern gesehen, die sehen mehr wie normale Esstische aus, damit man besseren Zugang mit dem Rollstuhl hat.

Zugang

Matt wirft mir einen Blick zu, der besagt: »Wir haben nachher in der Pause einiges zu besprechen.« Unsere Klasse ist seit Jahren zusammen, wir haben noch nie einen Schüler neu dazubekommen, und ich hab auch noch nie neben jemandem mit Rollstuhl gesessen. Während Ms McCoddle irgendwas über den Nil erzählt, stelle ich mir vor, wie Matt und ich auf unseren Skateboards den Abhang auf dem Uni-Gelände runterrasen, Umberto mit seinem Rollstuhl nebenher. Er treibt die Räder so schnell wie möglich an, während Matt und ich rechts und links von ihm Slalom fahren. Und dabei stelle ich ihm eine Million Fragen: Auf welcher Schule war er vorher? Seit wann sitzt er im Rollstuhl? Haben seine Eltern so einen coolen Van mit Mini-Heberampe drin? Erst als Ms McCoddle sich vor meinem Pult aufbaut und mich finster anfunkelt, schrecke ich aus meinen Tagträumen auf.

Aber es gibt da eine Sache, über die ich mit Umberto am alleraller-dringlichsten reden möchte: Ich habe einen Kapuzineraffen, der bald zum Begleittier für Rollstuhlfahrer ausgebildet wird!

Ich kann während Ms McCoddles Ausführungen über ägyptische Artefakte kaum an mich halten. Wann ist die Stunde endlich rum, damit

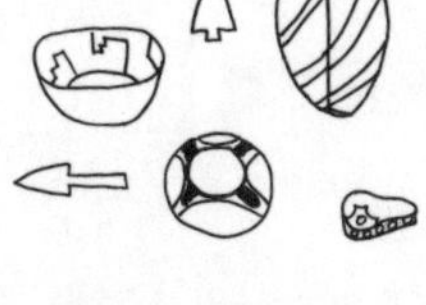

Artefakte

ich Umbertos Leben mithilfe meines Affen verändern kann?

# Was man über Frank wissen muss

Eigentlich gehört Frank ja nicht richtig mir. Meine Eltern und ich sind nur die Pflegefamilie, bei der er eine Zeit lang lebt, damit er sich an das Zusammenleben mit Menschen gewöhnt. Es gibt in Boston eine Organisation, die Kapuzineräffchen ausbildet – zu Helfern für körperlich behinderte Leute. Und weil meine Mutter Tierärztin ist – und weil ich *manchmal* ein durchaus verantwortungsbewusster Junge bin –, wurden wir eben als eine der Pflegefamilien ausgesucht. Und wer wurde damit beauftragt, Franks Windeln zu wechseln? Genau – ich natürlich.

**beauftragen**

Mein Freund Michael – der genau wie Umberto im Rollstuhl sitzt – hat einen Kapuzineraffen namens Pedro, der ihm im Alltag hilft. Michael ist siebzehn und hat nichts dagegen, mit einem Zwölfjährigen wie mir abzuhängen – auch wenn ihm eh gar nichts anderes übrig bleibt, weil unsere Mütter befreundet sind.

Das Leben mit Frank ist echt klasse – wenn man von dem einen Mal absieht, wo ich ihn fast umgebracht hätte, weil er eine meiner Spielfiguren verschluckt hat. Mein Hund Bodi war überraschenderweise kein bisschen eifersüchtig, als Frank bei uns eingezogen ist. Bodi ist schon ziemlich alt, und ich bin schon so an seine sanfte Art gewöhnt, dass mir Franks Nonstop-Rumhampelei dagegen echt erfrischend vorkommt.

erfrischend

In den sechs Monaten, in denen Frank nun bei uns ist, hab ich noch nie richtig darüber nachgedacht, wo er nach seiner Ausbildung wohl mal hinkommen wird. Und jetzt taucht da plötzlich ein neuer Mitschüler auf – im Rollstuhl. Er sitzt direkt neben mir in der Klasse. Das schreit doch geradezu nach dem Einsatz eines Helferaffen! Das Ganze ist fast zu gut, um wahr zu sein. Und so mache ich jetzt, was ich immer mache, wenn ich eine Idee habe und deswegen total aufgeregt bin. Ich wühle in meinem Pult nach meinen Stiften und meinem guten alten Zeichenblock.

Umberto wird vor Freude ausflippen, wenn er davon erfährt.

# Was ist hier eigentlich los?!

Als die Schulglocke klingelt, will ich Umberto meine neue Zeichnung zeigen, aber er ist schon halb aus der Klasse raus und zu den Picknicktischen unterwegs.

»Der Junge ist echt schnell«, sagt Matt.

»Ich hab gehört, er war bei seiner Oma, die wohnt in einer ziemlich üblen Gegend, und da wurde er angeschossen«, flüstert Carly. »Deswegen sitzt er im Rollstuhl.«

»Das glaub ich nicht«, sage ich.

»Ich auch nicht«, gibt Matt mir recht. »Nie im Leben ist jemand von unserer Langweilerschule bei einer Schießerei verletzt worden!«

»Ich hab ja nur gesagt, was ich gehört hab.« Carly hat anscheinend genug von uns und läuft zu Maria und Nancy nach vorn.

»Wenn das wirklich von einer Schusswunde kommt …«, überlege ich laut.

vorübergehend

»Garantiert nicht«, sagt Matt.

»Ich weiß, aber wenn doch … Meinst du, er sitzt für immer im Rollstuhl oder nur vorübergehend?«

Matt verdreht die Augen. »Du denkst jetzt aber nicht an Frank, oder?«

»Ich meine ja nur … Wenn Umberto den Rest seines Lebens im Rollstuhl verbringen muss, könnte er doch jemanden wie Frank, der ihm hilft, gut gebrauchen.«

Matt sieht mir die ganze Zeit über die Schulter, während ich spreche;

irgendwann drehe ich mich um, weil ich sehen will, wohin er schaut. Umberto ist mit drei anderen Kids am Rand des Schulhofs. In der einen Hand hat er einen Lacrosse-Schläger, mit der anderen wirbelt er die Räder seines Rollstuhls herum. Als der Ball auf ihn zuschießt, beugt er sich vor und fängt ihn mühelos mit dem Netz vorne am Schläger.

mühelos

»Er kann besser Lacrosse spielen als wir«, sagt Matt. »Und wir haben gesunde Beine zum Laufen.«

»Ich kenne überhaupt niemanden, der Lacrosse spielt!«, stelle ich fest. »Wo haben die überhaupt die Schläger her?« Und was noch viel wichtiger ist – wie kann es sein, dass Umberto schon nach so kurzer Zeit so viele Schüler kennt?

»Ich bin nicht sicher, ob es eine gute Idee wäre, ihn auf Frank anzusprechen«, sagt Matt.

Und er hat recht. Umberto zu fragen, ob er mein Kapuzineräffchen kennenlernen will, erscheint mir plötzlich total lächerlich. Erst recht, als Umberto mit quietschenden Reifen vor mir stehen bleibt.

»Guter Fang«, sage ich. »Hast du an deiner alten Schule auch schon Lacrosse gespielt?«

»An meiner alten Schule gab es kaum Bücher, geschweige denn ein Lacrosse-Team.« Er schaut beim Reden über meinen Kopf hinweg, fast als hielte er nach einem interessanteren Gesprächspartner Ausschau.

»Wie ist das eigentlich passiert?«, frage ich und deute auf seinen Rollstuhl. »Hattest du einen Unfall?«

»Nein, das ist beim Schachspielen passiert«, antwortet Umberto.

Ich sehe, wie Matt beinahe loslacht, sich aber in letzter Sekunde zurückhält, weil er weiß, dass es geradezu

Vertragsbruch

ein Vertragsbruch wäre, sich mit dem Neuen gegen seinen besten Freund zu verbünden.

»Vielleicht hast DU ja einen Unfall gehabt und bist seither hirntot«, setzt Umberto noch einen drauf.

»Ich bin nicht hirntot«, wehre ich ab. »Ich bin nur neugierig.«

»Ja, wie Coco, der neugierige Affe. Ich glaube, ich nenne dich ab sofort nur noch Coco.« Umberto zieht seine Lederhandschuhe an und macht die Knöpfe auf dem Handrücken zu.

»Was hast du eigentlich für ein Problem?«, frage ich. »Ich wollte doch nur nett sein.«

»Schon gut, Coco«, ruft er über die Schulter zurück und rollt davon.

Ich drehe mich zu Matt um. »Sehe ich das verkehrt, oder wollte der Streit anfangen?«

»Vielleicht erinnerst du ihn an jemanden, den er nicht leiden kann.«

Na super. Schlimm genug, dass ich mich vor ein paar Monaten mit den beiden Fieslingen Joe und Swifty rumschlagen musste. Jetzt hat mich der Neue auch auf dem Kieker.

»Hey, Coco«, sagt Maria im Vorbeigehen, als sie mit Nancy und Carly wieder reingeht.

»Umberto hat ja nicht lange gebraucht, um mir den Namen anzuhängen«, murmele ich.

»Wenigstens ist Coco, der neugierige Affe, eine Figur, die jeder mag«, sagt Carly.

»Zumindest jeder, der noch in den Kindergarten geht«, trällert Nancy dazu.

Carly – die unverbesserliche Optimistin – kann jeder Sache etwas Positives abgewinnen. Bei allen anderen kann ich davon ausgehen, dass sie mir das Leben noch vor dem Mittagessen zur Hölle machen werden.

Optimist

Mit gesenktem Kopf schleiche ich zu meinem Platz. Das Letzte, wonach ich gesucht habe, war Ärger – aber der Ärger findet mich trotzdem immer.

»Hey, Coco«, sagt Umberto, als er den Rollstuhl unter seinen Tisch manövriert. »Schöne Grüße an den Mann mit dem gelben Hut.«

Diesmal hören ihn gleich fünf oder sechs Leute und fangen an zu lachen. Ich schaue zu Matt rüber. Er beugt sich zu mir.

»Du wolltest ihm von Frank erzählen, aber jetzt macht er dich zum Affen.«

Ich tue so, als würde ich lachen, schieße ihm dann aber einen Blick zu, der »Klappe halten!« sagt.

Das ist alles nicht gut. Das ist alles überhaupt nicht gut.

# Ich mache das, was ich am besten kann

Als Mom fragt, wie es in der Schule war, erzähle ich von der Schraube, die Stephen DeMarco in seinem Chili gefunden hat. Die von der Essensausgabe haben darauf bestanden, die Schraube müsse aus dem Deckenventilator runtergefallen und nur zufällig im Chilitopf gelandet sein, aber Matt und ich stellen uns lieber vor, die Küchendamen wären heimlich durch Roboter ausgetauscht worden. Stephen hat eine Riesenwelle daraus gemacht, von wegen er hätte ja ersticken können, und hat die Anekdote am Vormittag noch mindestens zehn Mal erzählt.

Anekdote

Was ich Mom NICHT erzähle: wie ein neuer Schüler aus dem Nichts aufgetaucht ist und offenbar beschlossen hat, mich mit seinen Sprüchen total fertig zu machen. Ich erzähle es ihr deswegen nicht, weil ich schon weiß, was sie dann sagen würde. Dass Umberto wahrscheinlich nur unsicher ist, weil er neu an der Schule ist, und dass er bestimmt viel netter wird, sobald er sich einmal eingewöhnt hat. Ich hab die ganze Unterhaltung schon fertig in meinem Kopf, also spare ich sie mir in echt und erzähle Mom stattdessen von Stephens Missgeschick.

Missgeschick

Gott sei Dank hat meine Mutter Frank kurz vor meiner Ankunft die Windel gewechselt, sodass ich jetzt mehrere Stunden Ruhe habe vor dem, was Matt »Arschabputzer-Arschkarte« nennt. Ich mache die Käfigtür auf und Frank läuft mir sofort den Arm hoch. Manchmal schleppt Mom ihn in so einem Baby-Tragedings durchs Haus, aber ich mag es lieber, wenn er auf meiner Schulter hockt, als wären wir im Dschungel und er wäre gerade von einer riesigen Palme runtergefallen und zum Glück auf mir gelandet. Ich suche im ganzen Haus nach Bodi, kann ihn aber nirgendwo entdecken. Also schnappe ich mir ein paar Wurstscheiben aus dem Kühlschrank und gehe ihn im Garten suchen.

hocken

Wenn es warm ist, liegt Bodi manchmal gern unter dem Jasminstrauch, der über den hinteren Zaun wuchert. Und da ist er heute auch. Ich teile die Wurst zwischen uns dreien auf und setze mich neben Bodi auf den Boden.

Früher ist Bodi sofort zur Begrüßung angerannt gekommen, wenn ich mit dem Skateboard oder dem Fahrrad die Auffahrt hochkam, noch bevor ich an der Tür war. Jetzt freut er sich einfach nur noch, mich zu sehen – in seinem Alter hat er nicht mehr die Kraft, so viel zu rennen. Wenn ich mit ihm Gassi gehe, bleiben immer wieder Leute stehen, um ihn zu streicheln, und sie können es kaum glauben, dass er schon zwölf ist, weil er für einen alten Hund noch total fit wirkt. Wahrscheinlich bin ich der Einzige, dem auffällt, dass er schwerfälliger ist als früher.

Als Bodi und ich jünger waren, bin ich mit ihm gern auf den Hundeplatz gegangen, vor allem wenn Murphy da war, Mr Dansons Windhund. Murphy drehte eine Runde nach der anderen durch den Park, wie ein Vollblüter sauste er im Slalom zwischen den ganzen Hundebesitzern hindurch, ohne jemals einen umzuschmeißen. Bodi zog jedes Mal schon am Parkeingang an der Leine, sobald er Murphy erblickte, und dann preschte er durch die Gegend und jagte Runde um Runde hinter seinem Kumpel her, bis ich ihn schließlich wie einen müden Sack Kartoffeln nach Hause schleifen musste. Ich frage mich manchmal, ob Bodi, wenn er da so unter dem Jasminstrauch liegt, an diese ungestümen Zeiten zurückdenkt, so wie meine Großmutter ständig die alten Geschichten wieder rauskramt, wie sie mit ihren Freundinnen auf die Piste gegangen ist und so – dabei sind sie inzwischen alle um die siebzig. Ich nehme Frank von der Schulter und beuge mich zu Bodi runter. Der Jasmin riecht intensiver als die Wurst und süßer. So dürfte ein Dschungel riechen, stelle ich mir vor.

ungestüm

Was zur Hölle war heute mit diesem Umberto los? Wir hätten über Sport oder Turnschuhe oder Kino oder sonst was reden können, aber nein, er geht stattdessen auf mich los. Und wieso gerade auf mich? Wieso nicht auf Matt oder Stephen oder Swifty? Hab ich ein Schild auf dem Rücken, wo draufsteht: *Hack ruhig auf mir rum?* Ich kann nur hoffen, dass es morgen besser läuft. Dass Umberto sich einem anderen Thema – oder einem anderen Schüler – zuwendet.

auf jemandem rumhacken

»Ich glaub's ja nicht! Du weißt doch, dass Frank nicht nach draußen soll.« Wenn meine Mutter eins besonders gut kann, dann das: in Sachen Frank jedem noch so kleinen Verstoß gegen die Regeln sofort auf die Schliche kommen.

Verstoß

»Frank geht's gut!«, rufe ich zurück. »Er bleibt immer brav bei mir.«

Wir haben das schon zehn Millionen Mal durchdiskutiert, aber Mom besteht immer drauf, dass man die Regeln der Organisation, die uns Frank in Obhut gegeben hat, bis ins

Zuwiderhandlung

kleinste Detail befolgen muss. Egal wo ich bin und was ich mache – sie hat ihre Augen überall und bemerkt schon die winzigste Zuwiderhandlung. Niemand kann einem einen Tagtraum, der In-die-Wolken-gucken und Jasminduft-einatmen beinhaltet, schneller kaputt machen als eine Mutter, die auf die Einhaltung von Regeln pocht.

Ich greife nach Frank, und Bodi folgt uns pflichtbewusst ins Haus. Ich hatte vor, Mom ein schlechtes Gewissen dafür zu machen, dass sie uns den innigen Moment zerstört hat, aber als ich die Küche betrete, umhüllt mich sofort der Duft warmen Bananenkuchens, als würde ich in einen Dschungel eintauchen. Und als ich die Schokoladenglasur darauf noch entdecke, ist jeder Gedanke, meiner Mutter Kummer zu bereiten, endgültig verschwunden. Ich lege sogar meine besten Tischmanieren an den

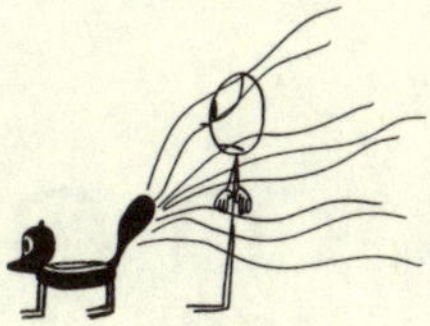
umhüllen

Tag, damit sie nicht schimpft, wenn ich mir ein zweites Stück nehme.

Ich weiß, dass meine Hausaufgaben mich den ganzen Abend kosten werden – ich muss ein ganzes Kapitel lesen! –, also gönne ich mir einen kleinen Aufschub, bevor ich mich daran mache, meine Vokabeln zu bebildern. Bodi schleicht um meinen Schreibtisch herum und lässt sich dann nieder. Er kennt die tägliche Routine. Zeichenblock, Filzer, Bleistift. Ich hatte eigentlich vorgehabt, an der Makkaroni-und-Käse-Geschichte weiterzumachen, aber ich schiebe das erst mal beiseite und zeichne stattdessen ein paar Entwürfe von Super-Frank in der Schule. Und ertappe mich auf einmal dabei, dass ich ein Strichmännchen im Rollstuhl zu zeichnen versuche – und daran scheitere.

Entwurf

Ich zerreiße das Blatt und werfe es in den Papierkorb. Wieso nimmt mich die Sache mit Umberto eigentlich so mit? Ist doch nicht so schlimm, einen Spitznamen verpasst zu bekommen. Ist das nicht normal, dass jeder einen Spitznamen hat? Und Neugierde ist doch sowieso keine schlechte Eigenschaft.

Ich lege mir ein neues Blatt zurecht. Aber was diesmal aus meinem Stift fließt, ist keine Strichmännchen-Illustration zu einer Vokabel, sondern ein ganzer Satz. HÖR AUF, DIR STÄNDIG SORGEN ZU MACHEN. Klingt wie ein guter Rat an mich selbst.

Sollte aus meiner Karriere als Comiczeichner nichts werden, kann ich immer noch als Lebensberater arbeiten.

Lebensberater

# Peinlich, peinlich

Am nächsten Morgen sitzt Umberto schon an seinem Platz, als ich in die Klasse komme. Da ich gestern beschlossen habe, alles cool an mir abprallen zu lassen, sage ich erst mal gar nichts, sondern stopfe einfach nur meine Bücher in das Fach unten an meinem Stuhl.

»Hey, Coco, was geht?«, fragt Umberto.

Da ich nicht Coco heiße, ignoriere ich ihn.

»Suchst du Ärger, Coco?«

Umberto mag im Stehen größer sein als ich, aber er kann nun mal nicht stehen, er sitzt schließlich im Rollstuhl. Ich mache mir das zunutze und baue mich in voller Größe (auch wenn die nicht wirklich beeindruckend ist) vor ihm auf.

»Ich heiße Derek«, sage ich. »Oder soll ich dir etwa auch einen Spitznamen verpassen?«

Umberto leckt sich lächelnd die Lippen, als hätte er nur drauf gewartet, dass ich mich seinem Wortgefecht stelle. »DU willst MIR einen Spitznamen verpassen? Was denn zum Beispiel? Krüppel?«

Gefecht

Sein Sarkasmus schockt mich, ich kann nicht glauben, dass er das gerade gesagt hat. Aber noch bevor ich antworten kann, sind wir plötzlich von mehreren Leuten aus der Klasse umringt. Carly schaut mir in die Augen und schüttelt den Kopf, als wollte sie sagen: HALT BLOSS DIE KLAPPE.

Aber natürlich schaffe ich das

nicht. »Du bist derjenige, der es so mit Spitznamen hat, nicht ich. Meinetwegen denk dir doch selber einen für dich aus.«

Umberto klatscht mit seinen behandschuhten Händen auf die Rollstuhllehnen, als fände er die Idee total klasse. »Oh ja, das mache ich. Wie wär's mit ... Derek?« Er lehnt sich im Rollstuhl zurück und dreht sich ein paar Mal um die eigene Achse. »Von jetzt an möchte ich, dass alle mich Derek nennen!«

Carly schüttelt wieder den Kopf, sodass ich mir noch bescheuerter vorkomme als ohnehin schon.

Intelligenzbestie

»Du als Intelligenzbestie hast das bestimmt schon kommen sehen, oder was?«, flüstere ich ihr zu.

»Der hat dich ganz offensichtlich auf dem Kieker. Ignorier ihn doch einfach«, sagt sie.

»Ist nicht so einfach, einen neuen

Schüler zu ignorieren, der im Klassenzimmer Pirouetten dreht und dabei die ganze Zeit meinen Namen brüllt.« Ich schaue über die Schulter, ob Ms McCoddle endlich kommt und mich aus der misslichen Lage befreit, aber sie plaudert immer noch auf dem Flur mit Mr Henderson.

»Ich muss unbedingt einen Comicstrip dazu zeichnen«, sage ich. »Mit dem Titel ›Rollstuhl-Rowdy‹ oder so.«

schimpfen

Maria legt ihre Bücher weg und dreht sich mit einem Ausdruck im Gesicht zu mir um, der mich an Moms verschiedene Schimpf-Gesichter erinnert. »Sich über andere lustig zu machen, das macht man nicht. Schon gar nicht über jemand Neues.« Sie beugt sich zu mir rüber, sodass ich ihren ganzen Zorn förmlich spüre. »Und schon gar nicht über jemanden, der im Rollstuhl sitzt.«

»Wer macht sich denn hier über

wen lustig? Ich bin das Opfer, nicht er!«

heldenhaft

Gerade als die Worte meinen Mund verlassen haben, sehe ich über Marias Schulter hinweg, wie Umberto sein Heft auf den Boden fällt. Er versucht heldenhaft, es wieder aufzuheben, aber es gelingt ihm nicht. Sofort eilen ihm drei Leute aus unserer Klasse zu Hilfe. Stephen ist der Schnellste, er klopft das Heft ab und reicht es dem entschuldigend dreinblickenden Umberto. Ehrlich, der Neue ist ein besserer Schauspieler als Brad Pitt.

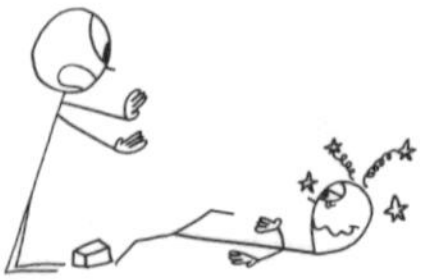

entschuldigend

»Aber sicher doch, DU bist das Opfer.« Marias Miene ist die Verachtung pur. »Es geht ja immer nur um dich.« Sie dreht mir schnaubend den Rücken zu.

»So langsam mach ich mir Sorgen«, sagt Carly.

»Da bist du nicht die Einzige.«

Jetzt, wo Umberto sich in Derek umgetauft hat, sollte ich mir vielleicht als zweiten Vornamen »Zielscheibe« zulegen.

# Dad hilft

Ich bin kaum zu Hause angekommen, da stürze ich mich schon auf meine Zeichnungen. Normalerweise macht es mich ganz kirre, Franks Posen immer wieder neu machen zu müssen, aber diesmal verbringe ich ganze Stunden nur damit, seinen Arm in der richtigen Position zu treffen. Als ich anfing, Frank in meinem Comicstrip zu verewigen, war mir erst nicht klar, wie schwer es sein würde, ein Kapuzineräffchen zu zeichnen – viel schwieriger als die Strichmännchen, mit denen ich bisher meine Vokabeln bebildert hatte.

verewigen

Letzte Woche hat Ms McCoddle

gefragt, ob ich mit einigen meiner Vokabel-Zeichnungen zu einer Ausstellung beitragen will, die Ms Myers in der Schulbücherei aufbaut. Einerseits war ich stolz, dass sie meine Zeichnungen für gut genug hielt, um sie in einer Ausstellung zu zeigen, andererseits hatte ich Angst, die Kids, die KEINE Hilfe beim Lesenlernen brauchten, könnten sich über mich lustig machen, weil ich Wörter illustriere, die ich nicht verstehe. Am Ende entschied ich, mich nicht an der Ausstellung zu beteiligen, und Ms McCoddle war sichtlich enttäuscht. Das war noch, bevor Umberto in unsere Klasse kam. Ich kann mir lebhaft vorstellen, dass er mir das Leben noch schwerer machen würde, wenn er meine Zeichnungen in der Ausstellung sehen könnte.

beteiligen

Ich hatte Ms McCoddle allerdings zugesagt, eine Nachmittagsgruppe zum Thema Comiczeichnen ins Leben zu rufen. Am Anfang hatte ich Bedenken, ob ich überhaupt gut genug bin, um anderen das Zeichnen beizubringen, aber Ms McCoddle betonte, es sei kein *Kurs*, sondern eine Arbeitsgruppe, ich würde einfach nur meine Leidenschaft mit Gleichgesinnten teilen. Matt kriegt kaum einen runden Kreis hin, aber er hat sich sofort eingetragen, als ich die Gruppe auf der Schulwebsite angemeldet habe. Gleichzeitig hat er eine Nachmittagsgruppe zum Thema Film-Comedy gegründet, und ich war froh, seine Gefälligkeit erwidern zu können, indem ich mich dort sofort eintrug.

Gefälligkeit erwidern

»Deine Technik wird immer besser«, sagt mein Vater, nachdem er meine Bilder ausgiebig begutachtet hat. »Du erinnerst mich wirklich sehr an mich selbst, als ich in deinem Alter war.«

Dad verdient sein Geld seit fünfzehn Jahren als Storyboard-Zeichner für die Filmindustrie. Wenn ich Glück hab, kann ich später vielleicht auch mal vom Zeichnen leben.

»Schau mal hier.« Er zeigt auf Franks Knie und Ellbogen in meinem Bild. »Gelenke richtig hinzukriegen ist echt schwer. Willst du vielleicht mal ein Modell benutzen?«

»Frank ist doch mein Modell«, sage ich. »Ich hab ihn den ganzen Vormittag beobachtet.«

»Aber Frank bewegt sich ständig«, wendet Dad ein. »Ein Modell nicht. Wäre vielleicht nicht schlecht, so eine kleine Zeichenpuppe aus Holz zu verwenden.«

Ich spitze sofort die Ohren. Dad hat in seinem Arbeitszimmer auf den Schränken eine ganze Zeichenpuppensammlung. Als Kind hab ich immer damit spielen wollen, bekam aber jedes Mal zu hören, die Dinger wären kein Spielzeug. Will Dad mir jetzt etwa damit sagen, dass ich in SEINE Welt aufgestiegen bin - in die Welt professioneller Zeichner?

Ich renne in sein Arbeitszimmer, zerre einen Stuhl durch den Raum und benutze ihn als Trittleiter, um einige Holzpuppen herunterzuholen. Eine ist männlich, eine andere weiblich, wieder eine ist dunkler und hat schärfere Kanten. Ich trage acht Stück in die Küche und baue sie dort in einer Reihe auf dem Tisch auf. Nachdem ich sie mehrere Minuten lang untersucht habe, suche ich mir diejenige aus, die Franks Körper am meisten ähnelt, und fange an zu zeichnen. Das Holzding macht mir das Zeichnen nicht leichter, aber es zwingt mich, jedes einzelne Körperteil individuell zu betrachten, und das wiederum macht das Endergebnis um Längen besser.

individuell

Meine Mutter kommt mit mehreren Einkaufstüten beladen nach Hause. Als sie die auf dem Küchentisch aufgestellten Holzpuppen sieht, pfeift sie leise durch die Zähne. »Oh, hat Dad beschlossen, dich an seine Schätzchen ranzulassen? Glückwunsch!« Sie zwinkert mir zu. Sie weiß, wie oft ich früher gebettelt habe, mit den Modellen spielen zu dürfen.

Aber jetzt spiele ich nicht damit. Ich verwende sie als Zeichenvorlagen, dafür sind sie ja auch gedacht. Ich bin auf dem Weg, ein echter Künstler zu werden.

Und das entschädigt mich BEINAHE für die erlittene Demütigung in der Schule heute.

# Matt und ich spionieren Carly aus

Der nächste Tag ist ein Samstag, da muss ich mir wenigstens keine Gedanken machen wegen Umberto. Matts Bruder Jamie fährt uns zu einem Skateboard-Laden nach Santa Monica. Aber der Skateboard-Laden ist gleichzeitig auch ein Surf-Laden, und wem laufen wir da gleich mal über den Weg? Carlys Freund Crash. Ist das jetzt mein tägliches Schicksal? Dass ich ständig auf Leute treffe, denen ich lieber aus dem Weg gehen würde? Mir läuft fast die Galle über.

überlaufen

Ich beobachte Crash heimlich dabei, wie er durch den Laden schlendert und sich T-Shirts und Bretter anguckt. Als er Matt und mich sieht, nickt er uns zu - was mehr Anerkennung ist, als wir bisher je von ihm gekriegt haben.

Anerkennung

Er hat seinen Neoprenanzug an und ein Skateboard mit Graffiti auf der Unterseite in der Hand.

»Fährt der etwa auch Skateboard?«, fragt mich Matt leise. »Wieso haben wir ihn dann noch nie irgendwo gesehen?«

Die wahrscheinlichste Antwort: Er ist hundertmal besser als wir und fährt deswegen mit älteren Jungs an Orten, von deren Existenz Matt und ich nicht mal eine Ahnung haben. Aber statt das zu sagen, zucke ich nur mit den Schultern.

Während Matt verschiedene Rollen-Sets in Augenschein nimmt, schalte ich auf lässig um. »Wenn Crash im Neoprenanzug hier rumläuft, könnte

lässig

Carly heute doch auch surfen sein, oder was meinst du?«

Und weil das Meer nur ein paar Minuten entfernt ist, beschließen Matt und ich zum Strand zu gehen, der sich am Fuße eines flachen Hügels befindet. Wir vergessen, dass wir eigentlich nach Carly Ausschau halten wollten, und fahren erst mal ein paar Mal den Abhang runter.

Dann treffen wir zwei Jungs, die uns erzählen, dass das hier der Hang ist, auf dem die echten Dogtown Boys die kalifornische Skateboard-Szene ins Leben gerufen haben. Dieser Ort zwischen dem geheiligten Hügel und dem breiten Sandstrand ist keine halbe Stunde von uns entfernt und trotzdem kommt's mir vor, als hätten wir bisher auf einem anderen Planeten gelebt.

heilig

»Hier müssen wir unbedingt öfter herkommen«, sagt Matt. »Jamie könnte uns auf dem Weg zur Arbeit herfahren.«

»Ich kann es nicht fassen, dass Carly jedes Wochenende hier verbringt.«

Wir fahren im Slalom den Hang runter bis zu einem Radweg, dann klemmen wir uns die Boards unter den Arm und stapfen durch den Sand. Ein Stück weiter, neben den Rettungsschwimmer-Türmen, entdecken wir einen Haufen aus Rucksäcken und Handtüchern. Carlys lila Tasche springt mir sofort ins Auge.

Matt und ich schirmen unsere Augen gegen die grelle Vormittagssonne ab und lassen den Blick über die Wellen wandern.

»Wie sollen wir sie hier bloß finden?«, frage ich. »In den Neoprendingern sehen die doch alle gleich aus.«

Wir scannen das Wasser noch mehrere Minuten lang ab, dann braust plötzlich ein Mädchen auf einem orangen Surfboard Richtung Ufer heran.

»Ist sie das?«, fragt Matt. »Wow, wie ist sie denn so gut geworden?«

Ja, das Mädchen, das uns auf der Welle entgegenreitet, ein breites, selbstbewusstes Lächeln im Gesicht, ist tatsächlich Carly. An Land springt sie fachmännisch vom Brett und will sich gleich schon wieder in die Fluten stürzen, da entdeckt sie uns auf einmal.

fachmännisch

»Ich wusste gar nicht, dass ihr heute nach Santa Monica kommen wolltet.« Sie wischt sich die nassen Haare aus dem Gesicht. »Total irre, das Wasser. Kommt doch mit rein!«

Wir erklären ihr, dass wir weder Badehose noch Neoprenanzug noch Surfboard dabeihaben. Ganz abgesehen davon, dass Matt und ich vom Wellenreiten null Ahnung haben.

»Heinz, mein Surflehrer, kann euch alles leihen, was ihr braucht. Der hat immer ein paar zusätzliche Bretter und Anzüge im Wagen.«

Lehrer

»Dein Trainer heißt Heinz?«, frage ich.

»Ein deutscher Surflehrer?«, sagt Matt. »Liegt Deutschland überhaupt irgendwo am Meer?«

Carly lacht. »Heinz ist nur sein Spitzname, weil er auf dem College wegen einer verlorenen Wette mal eine Flasche Ketchup austrinken musste. Der Typ ist echt verrückt, aber als Surflehrer total super.« Sie nimmt ihr Board wieder in die Hand, wickelt sich die Leine vom Fußknöchel ab und hält wieder aufs Wasser zu. »Ach ja, und Deutschland hat tatsächlich Zugang zum Meer«, ruft sie über die Schulter. »Besser gesagt, zu zwei Meeren: Nord- und Ostsee!«

abwickeln

Wir schauen zu, wie sie auf ihr

Board hüpft. »Wie kann sie sich bloß dieses ganze Erdkunde-Zeugs merken?«, frage ich Matt.

»Als hätte sie den ganzen Schulatlas auswendig gelernt. Echt crazy.«

auswendig lernen

Aber selbst während wir uns über ihre Streber-Qualitäten lustig machen, blicken wir ihr wie gebannt nach, wie sie aufs Meer hinauspaddelt.

»Gegen sie haben wir keine Chance«, sage ich.

»Da hast du so was von recht«, sagt Matt.

Und zum allerersten Mal, seit wir miteinander befreundet sind, habe ich das Gefühl, als wäre Carly uns gleich mehrere Schritte weit entwachsen.

# Die Schule, mein Folterkeller

Den Rest des Wochenendes zeichne ich weiter, wobei ich Dads Holzpuppen zu Hilfe nehme, um meine Technik zu verbessern. Mein Vater findet, ich kriege dadurch Franks Proportionen besser hin; ich bin einfach nur froh, dass er mir jetzt so vertrauensvoll seine Modelle überlässt.

Ich breite meine Blätter auf dem Küchentisch aus, damit Mom sie sehen kann, bevor sie nach nebenan in ihre Tierarztpraxis geht. Sie hat vor Kurzem eine neue Sprechstundenhilfe namens Judi eingestellt, die ihren Welpen mit zur Arbeit bringt, weil der noch nicht stubenrein ist. Ab und zu helfe ich aus, indem ich mit Snickers Gassi gehe, damit Judi die eingehenden Anrufe annehmen kann. So mit der Praxis direkt nebenan und jetzt, wo wir nach Bodi und Frank auch noch Snickers im Haus haben, fühlt es sich für mich manchmal fast so an, als würde ich in einer kleinen Stadt-Menagerie leben.

Menagerie

»Die sehen toll aus«, sagt Mom.

Ich hoffe, sie spricht mich nicht auf meine Bildunterschriften an.

»Ich hätte übrigens eine Idee, was Super-Frank für ein Verbrechen aufdecken könnte«, sagt sie. »Wie wär's, wenn er herausfindet, wer für die Explosion in deinem Zimmer verantwortlich ist?«

Typisch Mom – die kann noch die netteste Unterhaltung über meine genialen Zeichnungen in einen Zimmeraufräum-Auftrag verwandeln.

Ich verspreche, mich gleich heute dranzumachen, was in Wirklichkeit so viel heißt wie: Ich habe nicht vor, in absehbarer Zeit auch nur einen Finger zu rühren.

Dann packe ich meine Blätter ein und mache mich auf den Weg zur Schule.

Wieso mache ich mir eigentlich so viele Gedanken wegen des neuen Mitschülers? Er hat einfach nur von einer anderen Schule gewechselt, und ich bin mit den meisten aus meiner Klasse schon seit dem Kindergarten zusammen. ER ist derjenige, der sich Sorgen machen sollte, nicht ich.

»Derek, mein Lieber«, sagt Umberto und fährt mit seinem Rollstuhl unter sein Pult.

*Sei nett zu ihm,* denke ich. *Lass dich nicht provozieren.*

Ich schlage mein Mathe-Buch auf – wahrscheinlich zum ersten Mal

irre

in meinem Leben, ohne dass mich jemand dazu aufgefordert hätte. Und dann tue ich so, als würde ich mich in die Besonderheiten gleichschenkliger Dreiecke vertiefen – bis ich hinter mir ein irres Lachen höre.

»Die sind ja zum Schießen«, sagt Umberto.

Ich schaue rüber. Umberto hat meine Blätter auf seinem Pult ausgebreitet.

»Die waren in meiner Mappe«, sage ich. »Wieso wühlst du in meinen Sachen?«

Übergriff

Ich kann solche Übergriffe auf meine Privatsphäre nicht leiden, aber dass jemand meine Comicstrips lustig findet, hat durchaus was. Bevor ich michs versehe, fange ich schon an, nach Komplimenten zu fischen.

Kompliment

»Du findest sie also witzig?«, frage ich.

Umberto hält das erste Blatt hoch

und zeigt auf Super-Frank. »Die sind brüllkomisch!«

»Danke.«

»Soll das ein Affe sein? Sieht aus, als hätte ihn ein Patient aus der geschlossenen Abteilung gemalt.«

Ich versuche mir die Zeichnung zu schnappen, aber Umberto zieht den Arm weg, sodass ich nicht drankomme. »Arbeitest du mit Ironie als Stilmittel oder wie?«, fragt er. »Für mich sieht Super-Frank nämlich überhaupt nicht super aus.«

Stephen, der hinter Umberto sitzt, lacht laut los. Ich will schon vom Sitz aufspringen, da klingelt es, und Ms McCoddle sagt, wir sollen unsere Bücher rausholen. Umberto gibt mir meine Zeichnungen zurück und bricht in schallendes Gelächter aus, als hätte er ein YouTube-Video gesehen, in dem ein Eichhörnchen Klavier spielt.

Gelächter

Während des Lesens versuche ich

mich auf die Tipps zu besinnen, die mir meine Lese-Mentorin gegeben hat, vor allem, wie man sich im Kopf die Geschichte bildhaft vorstellen kann. Ich stelle mir vor, wie der Junge im Buch den Zaun vor dem Haus streicht, aber in meiner Kopfversion nimmt die Hauptfigur den Farbeimer und kippt ihn über dem Kind neben ihr aus. Das Kind neben mir habe ich schon. Jetzt brauche ich nur noch einen Eimer Farbe.

Matt hat sich heute krankgemeldet. Ich vermute, er simuliert nur, aber in seinen SMS beharrt er drauf, er hätte wirklich die Grippe. Also gehe ich in der Pause zu Carly und erzähle ihr davon, wie Umberto sich über meine Zeichnungen lustig gemacht hat.

sich lustig machen

»Was hast du bloß an dir, dass er dich so ins Visier genommen hat?«, sagt sie. »Zu mir ist er immer total nett.«

»Ich weiß, alle finden ihn suuuuper!« Zum Beweis zeige ich zu den Picknicktischen auf der anderen Seite des Schulhofs, wo Umberto zwei unserer Mitschüler offenbar so blendend unterhält, dass die sich vor Lachen gar nicht mehr einkriegen.

»Meinst du, die lachen gerade über dich?«, fragt Carly.

»Daran hab ich bisher noch gar nicht gedacht, aber danke, dass du mir diesen Gedanken jetzt eingepflanzt hast. Endlich mal was Neues, über das ich mir Sorgen machen kann. Gott, wann geht dieser Tag mal zu Ende!«

Sie erinnert mich daran, dass es noch nicht mal zehn Uhr morgens ist.

Viel besser wird's später auch nicht mehr. (Zum Beispiel kriegt der Typ in der Cafeteria-Schlange vor mir das allerletzte Stück Pizza ab und ich gucke in die Röhre.) Als ich nach Unterrichtsschluss endlich meine

Spirale

Sachen zusammenpacken kann, entdecke ich zu meiner Überraschung auf meinem Pult ein Blatt Papier, das offensichtlich aus einem Spiralblock rausgerissen ist. Aber es ist keine Nachricht, sondern eine Zeichnung. Und zwar von einem Affen. Der einen Umhang trägt. Und mit Affenkacke nach ein paar maskierten Gaunern wirft, die mit säckeweise Geld die Straße runterlaufen. Die Unterschrift dazu lautet: SUPER-FRANK NIMMT DIE SACHE SELBST IN DIE HAND.

Grinsen

Ich habe nicht den leisesten Zweifel daran, wer das gezeichnet hat – und schon beugt sich Umberto mit einem gigantischen Grinsen zu meinem Pult rüber.

»Du hast mich inspiriert«, sagt er. »Ich kann's kaum erwarten, noch ein paar mehr von diesen Dingern zu zeichnen.«

Ich knülle das Blatt möglichst theatralisch und lautstark zusammen und quetsche es unter mein Pult. Aber als wir alle aus dem Klassenzimmer strömen, kann ich an nichts anderes denken als:

zusammen-
knüllen

Umbertos Comic ist tausendmal besser als meiner.

HILFE! SUPER-FRANK!
Was ist passiert?
Der Neue macht sich über mich lustig!
Und wie können meine Superkräfte dir dabei helfen?
Manchmal braucht es gar keine Superkräfte, um einem Freund in Not zu helfen!

# Die traurige Wahrheit

Den restlichen Nachmittag liege ich mit Bodi unter dem Jasminstrauch und schaue mir Umbertos Zeichnung an. (Ja, ich habe so getan, als hätte ich ein Buch vergessen, und bin noch mal zurück in die Klasse, um das Blatt zu holen.) Super-Franks Fell sieht viel echter aus als auf meinen Bildern. Seine Arme sind von der Anatomie her viel besser, obwohl ich durch Dads Holzpuppen da schon Fortschritte gemacht habe. Ich gebe es wirklich nur ungern zu, aber selbst die Kacke sieht auf seinem Bild besser aus als bei mir. Das Einzige, was ich auf mei-

Anatomie

nen Zeichnungen besser finde, ist, dass ich sie mit Filzer gemacht hab, während Umberto nur einen normalen Bleistift benutzt hat. Aber dieser eine Lichtblick kann meine Laune nicht heben. Zum Glück liebt Bodi mich nicht weniger, nur weil ich als Künstler eine Niete bin; er drückt sich genauso innig an mich wie immer. Meine zeichnerischen Fähigkeiten haben für die Verbindung, die wir zueinander haben, noch nie eine Rolle gespielt. Und heute ist das für mich alles, was zählt.

Einerseits sollte ich mich ja für Umberto freuen. Anscheinend ist er echt begabt, vielleicht könnte er als Illustrator oder Comiczeichner Karriere machen. Wir haben tatsächlich was gemeinsam und würden wahrscheinlich echt gute Freunde abgeben – wenn er nicht so ein Idiot wäre. Aber alles, was Umberto seit seinem

Start in unserer Klasse gemacht hat, lässt mich eher vermuten, dass er garantiert nicht vorhat, mein Freund zu werden. Und wenn er meint, er könnte mir meine Super-Frank-Idee klauen, ist jede Form von Freundschaft auf Augenhöhe für mich sowieso ausgeschlossen.

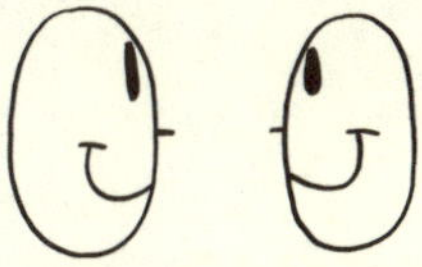
auf Augenhöhe

Wie sich herausstellt, ist Matt wirklich krank. Als ich bei ihm vorbeifahre, um ihm die zerknüllte Zeichnung zu zeigen, sagt mir seine Mom, er würde gerade schlafen und sie wolle ihn nicht wecken. Also drehe ich mit Snickers und Bodi mehrere Runden durch die Nachbarschaft, um genug Zeit zu haben, mir einen Schlachtplan zurechtzulegen. Umberto will einen Zeichenkrieg? Okay, den kann er haben!

Wie ein Söldner packe ich meine ganze Munition zusammen: Filzstifte, Buntstifte, Radiergummis, Lineal, Blö-

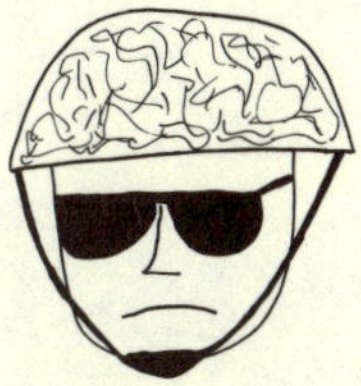
Söldner

cke, Tusche, Bleistifte. Mag sein, dass ich weniger Talent habe als Umberto, aber kampflos gebe ich mich garantiert nicht geschlagen.

Den Rest des Nachmittags arbeite ich nur an Franks Beinen. Als Mom mich zum Abendessen ruft, schlinge ich ein Stück Hackbraten hinunter und hetze wieder in mein Zimmer, um mich nun Franks Gesicht zu widmen. Immer wieder schleiche ich mich nach unten, um Franks einzelne Körperteile in Augenschein zu nehmen und Fotos von ihm zu schießen, die ich oben dann wiederum eingehend studieren kann.

in Augenschein nehmen

Zur Schlafenszeit schaut mein Vater bei mir rein. »Du siehst genauso aus wie ich, wenn ich einen Abgabetermin im Nacken habe. Woran arbeitest du denn?«

Ich sage ihm, dass ich mit meinen Zeichnungen auf die nächste Stufe will. »Wie soll ich denn eine Comic-

Gruppe leiten, wenn ich einfach nicht gut genug bin?«

»In einer Gruppe treffen sich Leute, die eine gemeinsame Leidenschaft für etwas haben. Das heißt nicht, dass du schon der perfekte Zeichner sein musst.«

Als ich ihm sage, ich will einfach unbedingt Fortschritte machen, gibt er mir recht, dass es immer gut ist, seine Fähigkeiten auszubauen. »Soll ich dir vielleicht helfen?«

Ich lehne erst ab, aber dann überlege ich es mir anders und frage ihn, ob meine Zeichnungen von Franks Augen realistisch genug aussehen. Er schnappt sich ein Blatt Papier und zeigt mir verschiedene Methoden, die Pupillen zu schattieren, damit Franks Augen lebendiger wirken. Okay, Umberto hat vielleicht mehr Talent, aber ich habe einen Lehrmeister.

Lehrmeister

»Technik ist nicht alles beim Comiczeichnen«, sagt Dad. »Die eigentliche Kunst besteht vielmehr darin, seinen Blick für die Komik des Alltags zu schulen.«

Er holt ein paar Calvin-und-Hobbes- und ein paar Garfield-Hefte aus meinem Regal. Dann zeigt er mir anhand von verschiedenen Comicstrips, wie die Zeichner ganz normale Alltagsdinge, zum Beispiel Hausaufgaben oder Lasagne, zu einem elementaren Teil der Welt ihrer Hauptfiguren gemacht haben. Wir sitzen fast eine Stunde zusammen auf dem Bett und blättern meine Hefte durch, und plötzlich trifft es mich wie der Blitz: *Ich hab den geilsten Job der Welt! Ich studiere Comicwissenschaft!*

Als ich schließlich ins Bett gehe, ist jeder Gedanke an einen gewissen neuen Mitschüler, der mir das Leben zur Hölle machen will, aus meinem Kopf verschwunden. Stattdessen bin ich jetzt davon überzeugt, als Zeichner so gut werden zu können, dass ich Super-Frank in die beste Comicfigur aller Zeiten verwandeln kann.

Bodi dreht sich neben meinem Bett ein paar Mal im Kreis und macht es sich dann für die Nacht bequem. Erst mit Dad Comics lesen und dann in Gesellschaft meines Hundes die Nacht verbringen – heute kann mir Umberto echt nichts anhaben.

# Der echte Frank auf Abenteuer

Lehrplan

Der nächste Tag ist zum Glück schulfrei, weil die Lehrer da eine Konferenz haben. Mom sagt, die besprechen da die Lehrpläne, legen Hausarbeiten und Prüfungsfragen fest und so was, aber ich glaube, in Wirklichkeit rennen sie lachend und kreischend durch die Schulflure und benehmen sich so, wie sie sich nie benehmen dürfen, wenn das Gebäude voller Schüler ist. Ich wette, die liefern sich in der Cafeteria einen Kampf um die besten Gerichte und schlittern auf einer dicken Schicht Bratensoße von einem Ende des Flurs zum anderen. Meine Mutter hört meinen wilden Vermutungen geduldig zu, bis ich zu dem Teil komme, wo Mr Demetri, unser Direktor, seinen hastig zusammengebastelten Rennschlitten mit einem Flammenwerfer anzündet, den er extra für diesen einen Tag in seinem Büro versteckt hält. Jetzt hört Mom nicht mehr zu, sondern wartet mit geschlossenen Augen darauf, dass ich endlich zum Ende komme.

Flammenwerfer

»Ich kann gern noch stundenlang weitererzählen, wenn du möchtest«, sage ich.

Mom hält Ruhe gebietend eine Hand hoch. »Wie wär's, wenn du stattdessen deine Hausaufgaben ...?«

»Aber ich habe heute Ferien!«

»Nein, das ist kein Ferientag, deine Lehrer haben nur eine Konferenz. Du hast gestern so lange gezeichnet, dass du in Mathe keinen Finger gerührt hast. Schreibt ihr da nicht demnächst wieder einen Test?«

Ich verstehe einfach nicht, wie meine Mutter eine florierende Tierarztpraxis leiten, sieben Angestellte jonglieren, sich um Hunderte von Hunden, Katzen, Vögeln oder auch mal Frettchen kümmern – UND dann noch jede noch so kleine Kleinigkeit meines Schullebens im Kopf behalten kann! Ganz zu schweigen von Haushalt, Kochen und dem ganzen anderen Zeug, an das ich nicht mal denken will. Hat sie etwa heimlich mehrere Klone von sich erschaffen, die sie in der Garage parkt und die darauf programmiert sind, ihr verschiedene Aufgaben abzunehmen?

programmiert

»Dann mach wenigstens eine halbe Stunde Hausaufgaben«, schlägt sie vor. »Und hinterher hast du den Rest des Tages zur freien Verfügung.«

Sie sagt das, als würde sie mir damit Wunder was für gute Neuigkeiten verkünden. Als wäre eine halbe

Stunde Mathe nicht meine Definition für »Ewigkeit«.

Ewigkeit

»Wie läuft's mit deinen Vokabel-Zeichnungen?«, fragt Mom.

»Ich wusste gar nicht, dass mein freier Tag dazu gedacht ist, dass meine Mutter mich ins Kreuzverhör nehmen kann«, antworte ich.

Und da gibt sie auf. Genau wie ich gehofft habe. (Je älter sie wird, desto leichter kann ich sie zermürben. Zum Glück verfüge ich bei solchen Sachen über unendlich viel Energie.)

unendlich

Als Mom Frank aus dem Käfig holt und ihn mir in die Hand drückt, muss sie gar nicht erst sagen, dass er eine frische Windel braucht – das merkt jeder Mensch mit einem funktionierenden Geruchssinn von allein. Ich gehe mit Frank in die Praxis rüber und wickle ihn dort auf einem der Untersuchungstische. Auf dem Rückweg schnappe ich mir einen Hundekeks vom Empfang, als kleines Mitbringsel für Bodi.

Matt ist immer noch krank, also schwinge ich mich allein aufs Skateboard, fahre erst bei uns durch die Gegend und mache mich dann auf den Weg zur UCLA. Auf dem Gelände findet gerade irgendeine Arbeiter-Protestdemo statt, die guck ich mir eine Weile an, bis ich Hunger kriege und wieder nach Hause fahre.

Als ich Frank später wieder aus seinem Käfig raushole, rennt er sofort an meinem Arm hoch und setzt sich auf meine Schulter. Auch wenn wir nur seine Pflegefamilie sind und es eigentlich gar nicht unsere Aufgabe ist, ihn zu trainieren, bringe ich Frank trotzdem gern ein paar grundlegende Sachen bei, die er dann anwenden kann, wenn er mal einem Menschen mit körperlichen Einschränkungen helfen soll. Schwere Sachen, zum Beispiel

eingeschränkt

eine Wasserflasche aufdrehen oder eine Telefonnummer wählen, hab ich ihm bisher nicht beigebracht, aber er kann schon eine DVD-Hülle öffnen und die DVD rausholen. Eine ganze Woche lang musste ich ihm dafür vormachen, wie man die Dinger auf- und wieder zumacht, aber am Ende hatte er es kapiert. Damit er nicht aus der Übung kommt, gebe ich ihm einen Actionfilm aus dem Wohnzimmer, während ich mir ein Erdnussbutter-Bananen-Sandwich mache. Er braucht keine zwei Sekunden, um die Hülle zu öffnen und die DVD rauszuholen.

Ich kratze die letzten Reste Erdnussbutter aus dem Glas und schmiere sie aufs Brot. Ich hab gerade mal zwei Bissen gegessen, als ich hinter mir etwas Komisches höre und erschrocken herumwirbele – Frank hat seinen Kopf ins Glas gesteckt!

»Frank, was machst du denn da? Da ist doch gar nichts mehr drin!«

feststecken

Aber Frank hört mich nicht; sein Kopf steckt im Glas fest, er kriegt ihn nicht mehr raus. Wie wild geworden prescht er kreuz und quer durch die Küche und sieht dabei aus wie diese Astronauten-Affen, die in den 50er Jahren von den Russen ins Weltall geschossen wurden.

Ich versuche Frank zu beruhigen, aber er rennt weiter blind und wie von Sinnen durch die Küche. Der Tumult macht Bodi so verrückt, dass er anfängt zu bellen. Ist jetzt nur noch eine Frage der Zeit, bis jemand aus der Praxis rüberkommt, um nachzuschauen, was hier los ist. Ich muss Frank unbedingt zu fassen kriegen, bevor das jemand anders tut.

Tumult

Ich setze meine beste Singsang-Stimme ein, um Franks Aufmerksamkeit auf mich zu lenken, aber es funktioniert nicht. Immer wieder versuche ich nach ihm zu greifen, aber plötzlich springt er kreischend auf den Küchentresen.

»Was ist denn hier los?!«

Ich drehe mich um. Dad steht auf der Türschwelle, das Handy am Ohr. Er sagt seinem Gesprächspartner, er würde ihn gleich zurückrufen, dann wendet er sich Frank zu.

Gemeinsam nähern wir uns langsam dem Affen, Dad von links, ich von rechts, und als er auf den Küchenschrank hechten will, kriege ich ihn zu fassen. Dann halte ich Frank fest im Arm, während Dad ihm vorsichtig das Glas vom Kopf zieht.

Frank sieht aus, als hätte er einen Erdnussbutter-Helm auf dem Kopf.

»Lass mich raten«, sagt mein Vater. »Ihr habt Astronaut gespielt? Oder eher Tauch-Abenteuer?«

Ich nehme mir vor, aus der Idee

irgendwann mal ein Adventure-Spiel zu machen, und erzähle Dad, dass das Ganze zu hundert Prozent ein Unfall war. Ich sehe ihm an, dass er nicht sicher ist, ob er mir glauben soll oder nicht. Während er noch überlegt, lässt er Seifenwasser in die Spüle laufen.

»Du wirst Frank baden müssen«, sagt er.

»Kein Problem«, antworte ich und meine es auch so. Nicht nur weil Frank wirklich klebrig ist, sondern weil Frank baden zu den Aufgaben gehört, die ich tatsächlich gern mache. Bodi hat schon einen großen Teil der Erdnussbutter von Franks Fell abgeleckt. Ich nehme den Affen hoch, mache ihm die Windel ab und setze ihn behutsam ins Spülbecken.

zylindrisch

Ich werde Dad ewig dankbar sein, dass er sich den Vortrag über die Gefährlichkeit zylindrischer Gefäße verkniffen hat und stattdessen einfach nur neben mir an der Spüle steht, um mir bei der Säuberung unseres Affen zu helfen.

»Er wird mir fehlen, wenn er mal zurück muss zu den Leuten von der Vermittlungsstelle«, sagt Dad. »Er gehört ja inzwischen fast schon zur Familie.«

»Aber wir dürfen ihn doch noch ein paar Monate behalten, oder nicht?«

»Das hängt wohl davon ab, wie viele Leute auf der Warteliste für einen Helfer-Affen stehen.«

Ich erschauere, als wäre ich gerade vom Blitz getroffen worden. Während ich Frank in ein Handtuch wickele, überlege ich, dass mein Ursprungsgedanke, Umberto von ihm zu erzählen, doch nicht so verkehrt war. Ich hab mich durch Umbertos Schikanen von meinem Vorhaben abbringen lassen, jetzt wird es Zeit, wieder auf

erschauern

Schikane

den richtigen Weg zurückzukommen. Ein Begleitaffe ist die perfekte Friedenspfeife für Umberto – damit könnte ich aus meinem schlimmsten Feind in zwei Sekunden einen super Freund machen.

Und so lautet jetzt mein neues Projekt: Frank zu Umbertos Begleiter ausbilden. Ich mache mich sofort an die Arbeit.

# Der perfekte Affenfreund

Ich finde alle Broschüren und DVDs, die wir von der Affen-Organisation bekommen haben, in einer Schachtel in Dads Arbeitszimmer. Ich sage ihm, ich würde mir mal anschauen wollen, was Frank lernen wird, wenn er nicht mehr bei uns ist, aber in Wirklichkeit will ich versuchen rauszufinden, ob Umberto sich als Bewerber um einen Begleitaffen eignen würde.

Obwohl heute schulfrei ist, macht mir die ganze Leserei ausnahmsweise gar nichts aus. Ich mache es mir im Wohnzimmer auf dem Boden gemütlich, Bodi an meiner Seite. Es dauert eine Weile, bis ich das ganze Material gesichtet habe, aber ich erfahre eine ganze Menge interessanter Sachen. Die Ausbildung, die Frank mal durchlaufen wird, nennt sich Affen-College und nimmt rund drei Jahre in Anspruch. Er wird dort lernen, Gegenstände zu holen, die sich irgendwo im Haus befinden, einem Menschen die Brille geradezurücken, eine juckende Stelle zu kratzen (wow!), Buchseiten umzublättern und sogar Arme und Beine in eine andere Position zu verlagern. Ich war so stolz, weil Frank eine DVD-Hülle aufmachen kann, dass ich nie darüber nachgedacht habe, wie viele andere Aufgaben er noch wird meistern müssen.

Positions-verlagerung

Die Bewerber für einen Begleitaffen müssen erst ein zwölfseitiges (!) Antragsformular ausfüllen – und dann bis zu einem Jahr warten, um zu erfahren, ob sie als Halter eines Kapuzineräffchens ausgesucht werden oder nicht. Aber wenn sie ein Tier bekommen, dann meist für viele Jahre. Mein Freund Michael hat Pedro zum Beispiel schon seit fast zehn Jahren. Genauso könnte Umberto davon profitieren, dass ein Affe ihm bei allen Alltagssachen hilft.

Ich schreibe auf meinem Notizblock alle Schritte auf, die Umberto unternehmen muss, um das mit Frank möglich zu machen. Und auch wenn das alles auf den ersten Blick unüberwindbar scheint – wer weiß, vielleicht hat Umberto in einem Jahr einen supercoolen Affenfreund an seiner Seite. Dann wäre ich nicht mehr der Möchtegern-Zeichner am Nachbarpult, den er nicht leiden kann, sondern der Junge, der ihm einen Affen besorgt hat. Ich simse Matt an, dass er sich keine Sorgen mehr zu machen

unüberwindbar

braucht. Dass ich in Sachen »Problemo Umberto«, wie er es nennt, einen neuen, verbesserten Plan ausgearbeitet habe.

Und das auch noch an einem schulfreien Tag!

# Nicht die Reaktion, die ich mir erhofft hatte

Matt ist wieder da, aber der Unterricht hat noch gar nicht angefangen, und er hat schon die ersten Schleimspuren auf dem Hemdsärmel, vom Naseabwischen.

»Ich seh schlimmer aus als ich mich fühle«, sagt er. »Ich hätte auch schon gestern zur Schule kommen können, aber ich wollte meinen alten Rekord brechen.«

Seit Matt zu seinem Geburtstag vor ein paar Monaten eine WII geschenkt bekommen hat, spielt er mehr Golf und Tennis als zehn Schickimicki-Sprösslinge auf einem Haufen. Er

Koordination

sagt, die Spiele würden die Hand-Auge-Koordination fördern, aber ich bin mir nicht sicher, ob er mit einem echten Golf- oder Tennisschläger in der Hand genauso gut spielen würde.

»Ich kann es nicht fassen, dass du Frank ausgerechnet Umberto anbieten willst. Den kannst du doch auf den Tod nicht ausstehen«, sagt Matt.

Erzfeind

Ich erkläre ihm, dass Umberto zwar der totale Nervbolzen ist, aber nicht mein Erzfeind. »Und von Frank muss ich mich sowieso in ein paar Monaten trennen, wenn er aufs Affen-College muss.«

»Wenn du in der Schule so weitermachst, landest du auch dort.«

Ich fasse das als Witz auf und beschließe, es zu ignorieren. »Wenn Frank zu Umberto kommt, kann ich ihn wenigstens ab und zu besuchen«, sage ich.

»Und mit deinem verstrahlten Hirn

meinst du, dass dich Umberto auf der Stelle ins Herz schließt und ihr dann mit Frank immer bei Umberto abhängt, oder wie?«

Ich frage mich, ob Matts Kopf vielleicht so verschleimt ist, dass er nicht ganz klar denken kann und deswegen so einen Müll verzapft. »Ich will damit nur sagen: Wenn Frank zu irgendeinem Typen am anderen Ende des Landes kommt, sehe ich ihn wahrscheinlich nie wieder.«

verschleimt

»Ich wusste, dass für dich auch was dabei rausspringt«, sagt Matt und hustet. »Du bist nicht Mutter Teresa.«

Ich erkläre ihm, dass Mutter Teresa mit Leprakranken gearbeitet hat und dass er auch bald so was Ähnliches sein wird, wenn er sich weiterhin so die Lungen aus dem Leib hustet.

Als ich zu meinem Pult komme, warten dort zu meiner Überraschung mehrere Zeichnungen auf mich. Mein

hörbar

erstauntes Keuchen ist bestimmt im ganzen Raum hörbar, als ich den Titel des Comicstrips lese: *Super-Hank.*

Ich brauche nicht erst zu fragen, wer das gezeichnet hat, der Stil ist mir längst vertraut. Ich spüre, wie mein Blut zu köcheln anfängt.

In Umbertos Comic spielt auch ein Affe die Hauptrolle, aber statt einen Umhang wie Frank trägt seine Figur Trenchcoat und Hut. Die Dialoge sind ordentlich geschrieben und witzig, wie in den alten schwarz-weißen Gangster-Filmen, die sich mein Onkel Bob immer anguckt.

Gangster

»Und, was hältst du davon?«, fragt mich Umberto.

Ich sage ihm, dass es eine totale Kopie meiner Comicstrips ist.

Umberto rollt auf mein Pult zu. »Wovon redest du? Hank ist die Kurzform von Henry. Hat mit Frank überhaupt nichts zu tun.«

Matt und Carly haben sich inzwischen zu uns gesellt. Carly nimmt die Blätter in die Hand und schaut sie aufmerksam durch.

»Schade, dass du dir nicht was Eigenes ausgedacht hast, Umberto«, sagt sie. »Es gibt außer einem Superaffen doch bestimmt tausend andere Figuren, die du hättest zeichnen können.«

»Hank ist kein Superaffe, sondern ein Detektiv«, sagt Umberto. »Das ist was ganz anderes.«

Ich starre die Zeichnungen an und eine Million Gedanken schießen mir kreuz und quer durch den Kopf. Wieso hat Umberto ausgerechnet mich als Opfer ausgesucht? Woher kann er so gut zeichnen? Wieso hab ich gestern den ganzen Abend damit verbracht, mir auszudenken, wie ihm bei seiner Behinderung zu helfen wäre? Wie konnte ich auch nur im Traum daran denken, ihm meinen Affen anzubieten??

Meine erste Reaktion wäre, seine Zeichnungen in tausend Schnipsel zu zerreißen, aber als Illustrator weiß ich genau, wie lange er dran gearbeitet hat, und bringe das einfach nicht über mich. Stattdessen halte ich die Blätter ganz hoch über Umbertos Kopf, wo er nicht drankommen kann. »Na, willst du sie wiederhaben? Hol sie dir doch!«

Umberto reckt sich in seinem Rollstuhl, aber vergeblich.

»Ähm … gib sie ihm lieber einfach zurück«, sagt Carly.

Aber dafür amüsiere ich mich gerade viel zu gut.

»Derek Fallon!«, schmettert Ms McCoddles Stimme zu uns herüber. »Was in aller Welt soll das?«

Bevor ich antworten kann, schnappt sie mir die Zeichnungen weg und gibt sie dem sich immer noch danach streckenden Umberto zurück. Der Ausdruck in seinem Gesicht sieht aus, als wäre er ein armer Bettelknabe aus der Gosse. Vergiss Comics, denke ich. Der Typ wäre im Theaterkurs viel besser aufgehoben.

Bettelknabe

Ich versuche Ms McCoddle alles zu erklären, aber sie unterbricht mich. »Ich möchte nach der Stunde mit dir sprechen.«

»Mit mir auch?«, fragt Umberto mit einer Stimme, die man nur engelsgleich nennen kann.

engelsgleich

Ms McCoddle zeigt auf mich. »Nein, nur mit Derek.«

Matt tut so, als würde er sich mit einem unsichtbaren Strick erhängen, während Carly einfach nur den Kopf schüttelt.

»Ich weiß, dass Umberto angefangen hat«, flüstert sie. »Aber das sah echt übel aus, als würdest du einen behinderten Jungen bösartig schikanieren.«

Das muss sie mir gar nicht erst sagen, ich kann mir selber bestens vorstellen, wie das Ganze ausgesehen haben muss. Michael hat mir mal erzählt, wie sich zwei Typen nach einem Baseballspiel über ihn lustig gemacht haben, mit seinem Rucksack Fangen gespielt und so. Er als Rollstuhlfahrer konnte sich weder wehren noch irgendwie dafür revanchieren. Ich fühle mich schrecklich, weil ich eben genau wie diese Idioten gewirkt haben muss. Und mir graust es vor dem Ende der Stunde, wenn Ms McCoddle mir die Leviten lesen wird.

revanchieren

Während sie den Mathe-Test austeilt, würdigt sie mich keines Blickes.

Als ich heute Morgen aufgestanden bin, hab ich mir den Tag eindeutig komplett anders vorgestellt.

# Ms McCoddles Standpauke

Ich hab mir für Ms McCoddle schon eine ausführliche Erklärung zurechtgelegt, aber sie fegt sie mit einer Handbewegung beiseite.

»Derek, was ist in letzter Zeit eigentlich in dich gefahren?«

Hitzkopf

Ich versuche meine Wut im Zaum zu halten, um nicht wie ein Hitzkopf zu wirken.

»Das hat mit Umberto zu tun«, erkläre ich ihr. »Seit er da ist, triezt er mich ständig.«

beschämt

»Aha? Also, heute sah es mir eher so aus, als würdest DU IHN ärgern.«

Beschämt starre ich auf meine

Turnschuhe runter. »Sie kennen mich seit dem Kindergarten – ich bin nicht auf Ärger aus.«

Ms McCoddles Miene wird etwas sanfter. »Umberto hatte an seiner alten Schule nur gute Noten und keinerlei Disziplin-Probleme. Außerdem scheint er doch ein netter Junge zu sein. Ich schlage vor, ihr vertragt euch wieder, bevor noch Schlimmeres passiert.«

Sie ist beim Reden auf einen Stuhl geklettert und pinnt Poster von Pinguinen und Gletschern an die Wand – als Nächstes steht das Thema Antarktis auf dem Lehrplan. Ich versuche mich ein bisschen einzuschleimen, indem ich ihr die Reißzwecken reiche.

»Kinder mit Handicaps haben es oft schwerer als andere«, sagt Ms McCoddle. »Das solltest du doch am besten wissen.«

Es ärgert mich, dass sie meine

Leseschwäche dazu benutzt, sozusagen mit der Brechstange eine Gemeinsamkeit zwischen Umberto und mir herzustellen. Ich halte die Schachtel mit den Reißzwecken so, dass sie nicht drankommt und auf dem Stuhl hin und her wackelt.

ärgern

»Jeder hat im Leben irgendwelche Hindernisse, die er überwinden muss«, fährt sie fort. »Vielleicht haben du und Umberto viel mehr gemeinsam, als du denkst.«

»Warum halten Sie dann nur mir eine Standpauke?«, frage ich und drücke ihr endlich die Reißzwecke in die Hand. »Er ist doch derjenige, der den ganzen Ärger angefangen hat.«

Ms McCoddle steigt vom Stuhl und scheint dabei jedes Wort genau abzuwägen. »Ich wollte erst mit dir reden, weil ich dich schon lange kenne. Also, tu mir den Gefallen und bring das wieder in Ordnung, okay?«

Sie lächelt mich jetzt so warm an, dass sie damit beinahe das Eis auf den Postern hinter ihr zum Schmelzen bringen könnte.

sich fügen

Ich beschließe, mich ihrem Wunsch zu fügen, und zeige auf die Plakate. »Warum hängt da kein einziges Poster von Eisbären?«

»Weil Eisbären in der Arktis leben, also am Nordpol. Eisbären und Pinguine begegnen sich höchstens mal im Zoo.«

Zum Glück schimpft sie nicht, weil ich das nicht nachgelesen habe. Als ich mich auf den Weg zu meinem Schließfach mache, bin ich fest entschlossen, das mit Umberto wieder geradezubiegen, auch wenn er den Unsinn angezettelt hat. Ich hoffe nur, wir sind nicht wie Eisbären und Pinguine - Tausende von Kilometern voneinander entfernt und lauter Eis dazwischen.

Unsinn anzetteln

# Comedy-Club

Wegen der Sache mit Ms McCoddle und der Comic-Gruppe, die diese Woche anfängt, gerät das mit Umberto in meinem Kopf etwas in Vergessenheit. Bisher haben sich fünf Leute für die Gruppe angemeldet und Umberto ist zum Glück nicht darunter. Matts Gruppe ist dienstags, meine donnerstags, also helfe ich ihm zuerst, seine vorzubereiten. Er findet in seiner gigantischen DVD-Sammlung etliche Clips und ordnet die dann in verschiedene Kategorien ein: Action-Comedy, Kumpel-Comedy, Horror-Comedy, Ekel-Comedy, Fisch-auf-dem-Trockenen-Co-

Kategorien

medy und so weiter. Er steckt so viel Arbeit in seine Gruppe, dass ich mich ernsthaft frage, ob ich meine eigene gründlich genug vorbereitet habe.

»Bei mir haben sich acht Leute angemeldet«, sagt Matt. »Findest du das genug?«

Ich sage ihm, dass ich noch weniger habe. »Außerdem wird sich schnell rumsprechen, wie lustig es bei euch zugeht, und dann kannst du dich vor Interessenten bestimmt gar nicht mehr retten.«

»Meinst du, das mit Mr Owens geht gut?«, fragt Matt. »Ist ja nicht gerade der erste Lehrer, an den man denkt, wenn es *lustig* sein soll.«

Ich sehe ihn erstaunt an. »Machst du dir deswegen echt Sorgen? Das Thema Comedy ist doch an sich schon ein Selbstgänger. Mach dir keinen Stress, Mann!«

»Ich will halt nur, dass alles gut

wird. Du weißt doch, Mr Owens muss zu allem immer seinen Senf dazugeben.«

Ich erinnere Matt daran, dass jede Nachmittagsgruppe einen Lehrer braucht, der sie überwacht, und dass Mr Owens bei ihm nun mal derjenige war, der sich angeboten hat. »Das wird schon alles. Kann gar nichts schiefgehen, wirst sehen.«

überwachen

Offenbar mache ich mich als bester Freund ganz gut, denn als wir zu dem Klassenzimmer gehen, in dem er seine AG abhalten soll, wirkt Matt schon wesentlich ruhiger.

Die üblichen Verdächtigen haben sich versammelt – Pete, Bobby, Runt, Sam und zwei Mädchen, die ich noch nicht kenne, Heather und Wendy.

Mr Owens reibt seine Hände aneinander, als stünde er an einem Lagerfeuer. »Seid ihr bereit, die Show ins Rollen zu bringen? Und wenn ich ›Rollen‹ sage, denkt doch bestimmt jeder gleich an ... ROAD MOVIES!« Er hält einen Film hoch, den Matt und ich nicht ausstehen können, und auf einmal wird mir klar, dass Matts Angst vor Mr Owens' Einmischungen ganz und gar nicht unberechtigt war.

»Ähm ... Mr Owens ... also eigentlich beschäftigen wir uns heute nicht mit diesem Film«, sagt Matt.

durchsetzungs-
fähig

Ich bin stolz auf ihn, weil er sich so durchsetzungsfähig zeigt, statt sich Mr Owens unterzuordnen, nur weil der Lehrer ist.

Mr Owens wedelt mit der DVD-Hülle durch die Luft. »Kein Problem. Das hier ist deine Gruppe. Ich setz mich dann mal an meinen Tisch und korrigiere ein paar Arbeiten. Sag Bescheid, wenn du jemanden brauchst, der dir unter die Arme greift oder so.«

Matt lehnt sich gegen ein Pult in der ersten Reihe und wendet sich an die

Kids, die hergekommen sind. »Okay, wir fangen heute mit den Kumpel-Comedy-Filmen an.«

Er greift sich einen Filzer und schreibt auf dem Smart Board hinter ihm eine Liste mit Kumpel-Comedys auf. Echt komisch, ihn so zu sehen, so lehrermäßig. Ich unterdrücke meinen Drang, ihm dazwischenzuquatschen, und sitze stattdessen ganz ruhig da, vor allem angesichts dessen, dass unsere Positionen in zwei Tagen genau andersrum sein werden.

unterdrücken

dazwischen-
quatschen

»Ein paar Klassiker hast du aber vergessen«, ruft Mr Owens vom anderen Ende des Raumes rein.

Ich schaue Matt dabei zu, wie er überlegt, ob er Mr Owens in die Diskussion mit einbeziehen oder lieber sein Ding weiter durchziehen soll. Zu meiner Überraschung macht er einfach weiter, als wäre nichts gewesen. »Wir wollen jetzt über die zwei

Hauptfiguren in Kumpel-Comedy-Filmen sprechen. Normalerweise sind die beiden ja Gegenspieler.«

»Nicht immer«, mischt sich Mr Owens ein. »Aber wenn doch, ergibt das natürlich einen besseren Konflikt.«

Matt presst seine Stirn gegen das Smart Board. Ich sehe ihm an, wie gern er Mr Owens den Mund verbieten würde, aber das geht natürlich nicht. Ich versuche ihm beizustehen, indem ich nach einem der Filme auf der Liste frage.

»Hast du einen Ausschnitt aus dem?« Ich weiß genau, dass er den hat.

»Gute Idee, gehen wir zu den Clips über.« Matt spielt ein paar Filmszenen auf seinem Laptop ab, den er an den Beamer angeschlossen hat. Es dauert nicht lange und er hat seine Kursteilnehmer in der Hand - alle lachen aus vollem Hals.

Den Rest der Stunde konzentriert sich Mr Owens auf seine eigene Arbeit, sodass man am Ende eindeutig sehen kann, dass es den Kids Spaß gemacht hat.

»Nächste Woche geht es um Sommer-Sonne-Comedy«, sagt Matt. Als er seine Unterlagen einpackt, merkt man ihm an, dass er mit sich zufrieden ist und in seinem Kopf das Brainstorming für die kommenden Wochen in vollem Gange ist.

Brainstorming

Wir rennen raus, bevor Mr Owens mit seinen Arbeiten fertig ist, damit er uns nicht mit seinen Vorschlägen zulabern kann.

»Er soll doch nur dabeisitzen und sonst gar nichts«, sagt Matt auf dem Weg zu unseren Schließfächern. »Er muss nichts beitragen oder so.«

Meiner Comic-Gruppe am Donnerstag ist Ms Ramirez, die Kunstlehrerin, zugeteilt. Eigentlich hatte sich

Ms McCoddle angeboten, aber dann hat der Direktor sie zur Leiterin der Englisch-Abteilung ernannt, wodurch sie keine einzige freie Minute mehr hat. Ich hoffe, dass Ms Ramirez nicht auch so aufdringlich ist wie Mr Owens. Aber was mich jetzt plötzlich ruckartig stehen bleiben lässt, ist nicht der Gedanke, Ms Ramirez könnte mir meine Gruppe ruinieren, sondern das, was ich am anderen Ende des Flurs sehe. Matt bleibt genau wie ich wie angewurzelt stehen, direkt vor der Tür zum Chemielabor.

aufdringlich

»Ist das … Carly?«, raunt er.

Ich nicke. Vor Verblüffung bringe ich keinen Ton raus.

»Sie küsst Crash?!«

Lautlos schleichen wir durch den Flur wieder zurück, damit Carly uns nicht sieht.

# Carly hat einen festen Freund?!

»Unfassbar!«, sage ich, als wir draußen sind.

unfassbar

»Du meinst, dass Carly jetzt einen Freund hat, und DU nicht dieser Freund bist?«, fragt Matt.

»Was soll der Mist? Das hab ich nicht gesagt!«

Matt schiebt seine Karteikarten in seinen Rucksack. »Nein, das hab ICH gesagt. Du stehst doch auf Carly, seit du sie das allererste Mal gesehen hast.«

»Blödsinn!«, schreie ich. »Wir haben sie doch am Anfang gehasst!«

»Okay, dann stehst du erst auf sie,

seit wir uns mit ihr angefreundet haben, wann auch immer das genau war.« Er macht den Rucksack zu. »Wieso regst du dich denn so auf, wenn du angeblich nicht auf sie stehst?«

»Hey, hier geht's nicht um mich, ja? Du bist doch genauso geschockt wie ich, dass sie jetzt mit Crash rummacht.«

Matt grinst, als würde es zu seinem Plan gehören, mich wütend zu machen. »Ja, es überrascht mich schon, dass sie anscheinend mit Crash geht, aber ich bin deswegen nicht halb so sauer wie du.«

»ICH BIN NICHT SAUER!«

Das ist so lächerlich, dass ich gar nicht anders kann als in Matts Gelächter mit einzufallen.

»Ich bin nur geschockt. Ich meine, Crash ist so ...«

»So viel cooler als wir?«, springt Matt ein.

Ich kann Matt gegenüber unmöglich zugeben, dass es weniger mit Crashs Coolness zu tun hat als vielmehr damit, dass ich ihn *nett* finde. Ich helfe nicht oft in Moms Praxis aus, aber letztes Jahr hab ich ihr mal geholfen, ein paar Proben zu sortieren, und da kam plötzlich Crash mit seinem Vater rein – und mit seiner Katze, die sich unaufhörlich kratzte. Ich war im Empfangsraum zugange. Aus einem der Behandlungszimmer kam eine ältere Frau raus. Sie weinte, weil ihr Hund gerade hatte eingeschläfert werden müssen, und meine Mom hatte ihr einen Arm um die Schultern gelegt und begleitete sie nach draußen. Die Frau machte sich von Mom los und sagte, sie käme schon klar, aber dann fing sie wieder an zu weinen, und da sprang Crash auf einmal von seinem Stuhl auf und half ihr zur Tür. Ich wäre eigentlich näher dran gewe-

Schande

sen, aber ich muss zu meiner Schande gestehen, die Trauer der Frau hatte mich irgendwie gelähmt. Matt und ich machen uns oft über Crash lustig, aber ich weiß, dass mehr in ihm steckt als sein Surfer-Slang und sein Skateboard-Talent.

»Hey, Leute! Wieso seid ihr denn immer noch da?«

Matt und ich erstarren beim Klang von Carlys Stimme. Zum Glück ist sie wenigstens allein.

Matt sagt ihr, dass sein Comedy-Club heute losgegangen ist. Während er von der ersten Stunde erzählt, schaue ich Carly verwundert an, als sähe ich sie mit ganz neuen Augen. Sie ist so schlau und ihr durchs Surfen verbessertes Selbstbewusstsein macht sie auch irgendwie anziehender. Ihre Haare sind heller geworden, seit sie so viel Zeit an der Sonne verbringt.

Weder Matt noch ich haben bisher eine feste Freundin gehabt. Ich hätte nie gedacht, dass Carly uns da zuvorkommen und diesen Meilenstein vor uns erreichen würde. Ich versuche, sie genauso zu sehen wie immer, aber wie sie so dasteht und mit Matt plaudert, fällt mir das echt schwer.

Meilenstein

»Habt ihr Lust auf Frozen Yogurt?«, fragt sie.

Matt schaut mich fragend an. »Klar«, sage ich, also machen wir uns auf den Weg nach Wilshire. Wir reden dabei über die tonnenweise Hausaufgaben, die uns Mrs Decker aufgegeben hat, und dass Swifty an der Stirn genäht werden musste, weil er in Sport auf seinem eigenen Schweiß ausgerutscht ist. Ich schaue Carly zu, wie sie die Swifty-Szene nachspielt, aber ich kann die ganze Zeit nur an Crash denken – und daran, dass er ein Glückspilz ist, mit Carly zusammenzusein.

# Arbeit, Arbeit und nochmals Arbeit

Die nächsten Tage bin ich so mit den Vorbereitungen meiner Comic-Gruppe beschäftigt, dass ich eine Mathe-Aufgabe in den Sand setze und einmal sogar vergesse, mit Snickers Gassi zu gehen, sodass er den Teppich in Moms Praxis vollpinkelt. Keiner dieser Vorfälle beunruhigt mich allzu sehr, aber ich hab ein schlechtes Gewissen, weil ich kaum Zeit mit Bodi verbringen kann. Er ist irgendwie lethargischer als sonst, und ich nehme mir vor, nach der ersten Gruppenstunde wieder mehr mit ihm zu unternehmen.

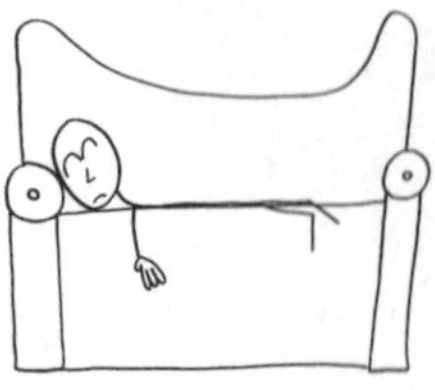

lethargisch

Wie ich Ms McCoddle, Ms Ramirez

und jedem anderen, der mir zuhören wollte, bereits gesagt habe, betrachte ich mich auf keinen Fall als Experten in Sachen Illustration. Ich glaube auch kaum, dass mich eine Experten-Aura umgibt. Ich möchte einfach nur über das Comiczeichnen reden. Zwei der Jungs, die sich angemeldet haben – Terry und Tommy, eineiige Zwillinge, mit denen ich noch nie in eine Klasse gegangen bin –, machen so irrwitzige Zeichnungen von Katzen mit blutunterlaufenen Augen und rasiermesserscharfen Krallen; die hängen überall in der Schule. Ich schätze, sie haben sich von diesen Zeichentrickfilmen, *Ren and Stimpy,* inspirieren lassen, und ich kann's kaum erwarten, mit den beiden darüber zu reden.

Aura

inspirieren

Ich lege den ungefähren Ablauf der sechs Wochen fest, in denen es die Gruppe geben soll. Da sind so Themen dabei wie Figuren-Entwicklung, Layout und so weiter. Ich überlege kurz, ob ich meinen Vater mal als Gastdozent einladen soll, aber er ist mein Vater, und ich will doch selbstständiger werden, also lasse ich's lieber.

Dann schreibe ich die Materialien auf, die Comiczeichnern zur Auswahl stehen: Filzstifte, Tinte und Federn, Bleistifte, Radiergummis, hochwertiges Papier. Ich liste die verschiedenen Stadien des Comiczeichnens auf: Grobentwurf, Umrisszeichnung, Kolorieren, Beschriften. Bisher habe ich alles immer selber gemacht, genau wie vermutlich alle anderen in meiner Gruppe, und ich könnte mir beim besten Willen nicht vorstellen, dass jemand anders meine Umrisse ausmalt. Aber ich wünschte mir innigst, jemand anders könnte meine Texte schreiben. Vielleicht können mir ja die anderen Teilnehmer Tipps geben, wie ich meine Buchstaben so hinkriege, dass meine Strips professionell aussehen, nicht so, als hätte ein psychotischer Windelpupser sie gemacht.

psychotisch

Als ich damit fertig bin, schaue ich mir die aktuelle Anmeldeliste an. Weder Matt noch Carly interessieren sich fürs Comiczeichnen, aber trotzdem haben sie sich beide eingetragen, um mich zu unterstützen. Über Carlys Teilnahme freue ich mich besonders; ich dachte schon, sie würde doch noch einen Rückzieher machen, um mehr Zeit mit Crash verbringen zu können. Aber eins muss man Carly lassen: Sie ist die verlässlichste Freundin der Welt.

Natürlich bin ich vor allem deswegen so auf die Liste fixiert, weil ich immer noch Angst habe, Umberto könnte sich in letzter Minute eingetragen haben. Ich schließe meine Mappe und seufze erleichtert auf.

Den Rest des Abends verbringe ich

auf der Couch, sandwichmäßig zwischen Bodi und Frank eingeklemmt. Mom kann es nicht leiden, wenn ich die Tiere aufs Sofa lasse, aber im Moment erledigt sie gerade den Papierkram in ihrem Büro, und Dad sieht die Sache nicht ganz so eng. Während wir uns gemeinsam eine Sitcom im Fernsehen anschauen, erinnert Dad mich an das, worüber wir neulich gesprochen haben – dass man die alltäglichen und banalsten Dinge zu einem Comicstrip verarbeiten kann. Aber mein Gehirn hat gerade wegen Überlastung geschlossen. Ich möchte diese Zeit jetzt nicht mehr zum Info-Sammeln benutzen. Stattdessen lehne ich den Kopf ins Polster und lasse den Moment so auf mich wirken, wie er ist: perfekt.

Papierkram

# Der große Tag ist gekommen

Nach dem Unterricht laufe ich zum Kunstraum von Ms Ramirez, der auf der anderen Seite des Schulgebäudes liegt.

»Ich werde keinen Mucks machen. Das ist deine Show«, versichert sie mir. Sie hat sich ein Tuch so oft um den Hals geschlungen, dass ich mich fast frage, ob ich sie davor retten muss, sich selbst zu erdrosseln.

erdrosseln

»Du kannst gern alles verwenden, was wir hier haben«, sagt sie und zeigt auf die Materialien. »Fühl dich ganz wie zu Hause.«

Sie ist so freundlich und zuvorkom-

mend, dass ich mich total blöd fühle, weil ich mir ihretwegen Sorgen gemacht habe.

Matt kommt rein und wirft sein Zeug auf das Pult ganz vorne. »Du gibst doch hoffentlich keine Hausaufgaben auf, oder?«, fragt er. »Ich hab nämlich keine Lust, zu jedem Wort irgendwelche Strichmännchen zeichnen zu müssen, so wie du.«

Ich vergewissere mich, dass Ms Ramirez gerade nicht guckt, dann schmeiße ich ihm einen Radiergummi an den Kopf. Er wischt sich lachend die Krümel von der Jeans. Aber dann hören wir schlagartig auf herumzualbern, als wir Carly vor dem Klassenraum sehen. Mit Crash.

Matt beugt sich zu mir rüber. »Was meint der, wo sie hingeht, nach Hawaii? Die Gruppe dauert doch nur eine Stunde. Halten die es nicht mal eine Stunde ohneeinander aus?«

Ich bin so damit beschäftigt, Carlys Körpersprache zu beobachten, dass ich Matt kaum zuhöre. Sie zwirbelt an ihren Haarsträhnen und wirft lachend den Kopf in den Nacken, dabei hab ich nichts auch nur ansatzweise Lustiges gehört. Was ist plötzlich los mit ihr? Ich will schon loslästern, dass sich Carly, nur weil sie jetzt einen Freund hat, in eine hirnlose Schnepfe verwandelt hat, da schmeißt mir Matt den Radiergummi an den Kopf.

»Aufwachen, Blödmann! Du musst hier die Gruppe leiten!«

Er hat recht. Ich nehme meinen Platz vor der Klasse ein und versuche mich nicht auf Carly zu fixieren, als sie endlich auch zu uns reinkommt.

sich fixieren

Ich schlage meine Mappe auf und überfliege meine Notizen. »Herzlich willkommen zur ersten Stunde unserer Comic-Gruppe. Ich hoffe, wir werden viel Spaß miteinander haben.«

Ich schaue in die Runde – zu Matt, Carly, Terry, Tommy und Susan, die irgendwie jetzt schon total gelangweilt aussieht. »Ich dachte, wir fangen mal damit an, dass wir das durchgehen, was wir während der kommenden sechs Wochen machen wollen.« Ich hole einen Stapel Papier aus meinem Rucksack und teile die Blätter aus.

»Arbeitsblätter!«, witzelt Matt. »Jetzt wird's professionell, was?«

Carly lacht, und eine Sekunde lang ist es wie früher, nur wir drei, anno dazumal v. C. – vor Crash.

»Heute lautet das Thema: Wie erschaffe ich originelle Figuren?«, verkünde ich.

»Originelle Figuren ist genau mein Stichwort! Habt ihr noch ein Plätzchen frei für mich?«

große Geste

Ich muss gar nicht erst nachsehen, wem die Stimme gehört. Umberto rollt mit großer Geste in den Raum.

»Ich hab's nicht geschafft, mich rechtzeitig anzumelden. Ich hoffe, du hast nichts dagegen, dass Kurzentschlossene einfach so reinspazieren?«

Alle Anwesenden halten inne, um Umbertos Joke zu verarbeiten. Schließlich bricht Susan als Erste in Gelächter aus und alle anderen folgen ihrem Beispiel. Matt und Carly schauen zu mir, wie ich das Ganze wohl aufnehme, aber ich lache nur, genau wie alle anderen. Im Inneren dagegen bin ich alles andere als vergnügt – der Schock sitzt tief. *Hat Umberto es sich zur Lebensaufgabe gemacht, mich bei jeder Gelegenheit zu foltern?* Wenn ja, dann macht er seine Sache wirklich ganz hervorragend.

Kräfteaufbietung

Unter Aufbietung all meiner Kräfte bringe ich meine Zuhörer wieder aufs Thema zurück und reiche auch Umberto ein Exemplar des Ablaufplans. »Wir sprechen heute darüber, wie man Figuren entwickelt. Ich dachte, Terry und Tommy könnten uns etwas über die Katzen-Comics erzählen, die sie zeichnen.«

»Kann's kaum erwarten«, sagt Umberto. »Aber danach möchte ich über meinen Affen-Comic reden.«

»Cool«, sagt Terry. »Ich liebe Affen.«

Umberto greift in seine Tasche und holt einen Stapel Papier heraus. Das darf doch alles nicht wahr sein!

»Die sind echt super«, sagt Tommy. »Tolle Idee, einen Affen zur Hauptfigur zu machen.«

Ich starre auf die Blätter auf meinem Pult. Jetzt wird meine eigene Arbeit wie eine Kopie von Umbertos Sachen aussehen. Der Junge ist noch keine Minute im Raum und schon stiehlt er mir komplett die Show.

Kopie

Auch wenn sie derzeit voll auf Crash

fixiert ist, eilt Carly mir sofort zu Hilfe. »Können wir die Katzen sehen?«, wendet sie sich an die Zwillinge. »Ich bin total gespannt drauf!«

Tommy und Terry holen zerknitterte Papierstapel aus ihren Rucksäcken. Ich versuche, die Zügel wieder in die Hand zu nehmen, indem ich Terry frage, wie sie überhaupt auf die Idee gekommen sind. Als ich Umberto aus dem Augenwinkel beobachte, sieht er nicht so geknickt aus, wie ich gehofft hatte, sondern hört Terry voller Aufmerksamkeit zu.

geknickt

Tommy erzählt davon, wie sich die Katerfigur seit dem ersten Entwurf weiterentwickelt hat, aber irgendwann unterbricht Terry ihn. »Wie sieht's bei dir aus, Derek? Zeig uns mal ein paar von deinen Sachen.«

Widerstrebend breite ich meine Super-Frank-Blätter auf dem Pult aus.

»Die sind ja cool!«, sagt Matt, als hätte er sie noch nie gesehen. »Super-Frank sieht wie ein echter Affe aus.«

Susan nimmt eine meiner Zeichnungen in die Hand und vergleicht sie mit Umbertos. »Bei deinem Affen ist das Fell viel besser«, sagt sie zu ihm. »Und das Gesicht sieht auch viel realistischer aus.«

»Ja, und die Schrift wirkt total professionell«, fügt Tommy hinzu.

»Ich hab mir auch echt viel Mühe gegeben«, sagt Umberto stolz.

Eine Comic-Gruppe ins Leben zu rufen erscheint mir plötzlich wie die Schnapsidee eines komplett Bekloppten – namens Derek.

unerwartet

»Ich finde Dereks Zeichnungen aber einfallsreicher«, sagt Carly. »Eine Babyrobbe als Bösewicht zu nehmen ist ein super unerwarteter Überraschungseffekt.«

*Genauso unerwartet wie ein Bösewicht im Rollstuhl,* denke ich. Aber die anderen wollen mehr über Umbertos Zeichenprozess wissen. Ich gebe mich fürs Erste geschlagen; heute krieg ich die Leitung der Gruppe ganz offensichtlich nicht mehr in die Hand. Umberto geht als der verdiente Sieger aus der Stunde hervor. Ich setze mich neben Matt. Der zuckt nur mit den Schultern, aber ich verstehe ihn blind. Er hat recht, Umberto hat diese Runde gewonnen – jetzt liegt's an mir, die nächste zu gewinnen.

HILFE! Super-Frank raubt eine Bank aus!
ICH bin Super-Frank!
Aber wer ist dann das da?
Das ist nur ein falscher Blender!
Hey, wenn schon, dann der Brillante Blender!
WUMM BAMM UFF-BUFF
Blender sind die übelste Sorte Bösewichte!
Oh, Super-Frank, du bist der Beste!
Es kann nur einen geben.

# Matschbirne

Nach dem Reinfall mit der Comic-Gruppe würde ich mich am liebsten einfach nur verkriechen, aber das lässt Carly nicht zu. Sie überzeugt Matt davon, dass Wellenreiten jetzt die beste Medizin für mich wäre. Und sie überredet Heinz, uns eine Schnupperstunde zum Sonderpreis zu geben. Matt will sowieso schon seit Langem Surfen lernen und sagt deswegen sofort für uns beide zu.

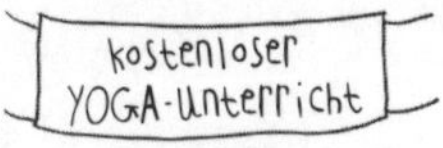

Schnupper-stunde

Matts Bruder Jamie fährt uns nach Santa Monica, wo Carly, Crash und noch ein paar andere sich schon fertig machen, um sich gleich in die Fluten zu stürzen. Man muss kein Genie sein, um zu erkennen, wer von denen Heinz ist. Der Typ ist so braungebrannt und hat so sonnengebleichte Haare, dass man denkt, er hat bestimmt keine einzige Minute seines Lebens in geschlossenen Räumen zugebracht. Er winkt Matt und mich zu seinem Truck rüber und wirft uns je einen Neoprenanzug zu.

»Ihr werdet noch heute aufrecht auf dem Brett stehen, das garantiere ich euch«, sagt Heinz.

Matt und ich erklären ihm, dass wir Skateboarder sind, die noch nie auf einem Surfbrett gestanden haben.

»Beim Skateboarden habt ihr euch bestimmt ein gutes Gleichgewichtsgefühl zugelegt«, sagt Heinz. »Aber hier geht's vor allem um das Aufstehen.« Er erklärt uns, das Wichtigste ist, so schnell wie möglich aus der Paddelposition in den Stand zu kommen. Er sucht zwei Surfbretter aus seinem Wagen aus und sagt, wir sollen uns gleich am Wasser treffen.

Während Matt und ich den Strand runtergehen, sehe ich mich nach Carly um, aber sie und Crash sind schon aufs Meer rausgepaddelt.

»Meinst du wirklich, dass wir heute schon eine Welle reiten werden?«, fragt Matt. »Das wäre echt cool.«

Ich versuche mir nicht zu viele Hoffnungen zu machen. Wenn das Surfen auch nur halb so schlimm läuft wie meine Comic-Gruppe, endet es damit, dass ich mich in der Leine verheddere und mit dem Mund voller Sand an Land geschleudert werde.

Als meine Eltern mich gestern Abend gefragt haben, wie meine Gruppe gelaufen sei, hab ich gesagt, großartig. Dass die Teilnehmer supergut mitgemacht und viel mitgenommen hätten und so. Vielleicht hab ich bei

Kameradschaft

untergraben

Autorität

der Beschreibung der innigen Kameradschaft innerhalb der Gruppe ein bisschen übertrieben. Aber Dad war stolz, dass seine Hilfe so gut umgesetzt wurde, und ich wollte ihm das nicht vermiesen, indem ich zugab, dass Umberto mich mitsamt meiner Comics und meiner Autorität komplett untergraben hatte.

Das Ding ist, dass Umberto ja nicht allein schuld war. Ich hab es schließlich auch zugelassen, dass meine Autorität untergraben wurde. Ich hätte versuchen können, die Leitung wieder zu übernehmen, nachdem Umberto sie an sich gerissen hatte, aber ich hab's nun mal nicht getan, sondern bin den Weg des geringsten Widerstandes gegangen und hab mich geschlagen gegeben. Und das tat noch viel mehr weh als die Art, wie Umberto mir meine Comic-Ideen geklaut hat.

Zum Glück kann ich mich nicht den

ganzen Vormittag in Selbstvorwürfen suhlen, denn schon kommt Heinz angerannt und lässt uns am Strand Aufspringen üben. Aus der liegenden Position so schnell wie möglich auf die Beine zu kommen gehört nicht zu den Sachen, die man beim Skateboardfahren lernt. Aber nach etwa zwanzig Minuten haben Matt und ich den Dreh halbwegs raus. Als ich aufs Meer hinausschaue, ob Carly immer noch da draußen ist, sehe ich, dass sie und Crash auf ihren Brettern sitzen und plaudern, von der Morgensonne eingerahmt wie auf einem Urlaubsposter.

»Ihr habt heute einen echt guten Tag zum Lernen erwischt«, sagt Heinz. »Nicht zu viel Wind und nette kleine Wellen.« Er bedeutet uns, die Bretter zu schnappen und ihm ins Wasser zu folgen.

Als Carly uns sieht, winkt sie und

ruft uns bitter nötige Anfeuerungsworte zu.

»Ich hab mir von Anfang an gedacht, dass die beiden sich gut verstehen würden«, sagt Heinz und deutet auf Carly und Crash. »Die passen perfekt zueinander.«

Matt schießt mir einen Was-soll-das-denn-heißen-Blick zu. Ich könnte ihm jetzt erzählen, dass ich Crash auch von einer ganz anderen Seite kenne und es vielleicht eine Frage der Perspektive ist, aber ich tue es nicht – und lasse damit zu, dass Matt unser Trash-Crash-Spiel weiterspielt.

Perspektive

»Na klar, wie die Faust aufs Auge, haha!«, sagt er.

»Ach, aber was wissen wir schon? Wir sind doch nur ihre besten Freunde«, füge ich hinzu.

Am Anfang kommt mir das Wasser irre kalt vor. Heinz stapft neben Matt und mir her, als wir hinauspaddeln.

Immer wieder und immer schneller kommen uns ganze Wellen-Serien entgegen, und es ist viel schwerer, die Brandungsgrenze zu überwinden, als es von draußen ausgesehen hat. Echt nicht zu fassen, dass Carly so schnell so gut darin geworden ist. Mühelos schwebt sie auf dem Wasser an uns vorbei.

»Okay«, sagt Heinz. Er steht jetzt bis zur Brust im Wasser. »Man braucht eine Weile, um die Wellen deuten zu lernen. Im Moment müsst ihr euch noch drauf verlassen, dass ich euch sage, welche Wellen ihr reiten solltet und welche nicht.«

Ich weiß nicht, ob ich mich wirklich auf einen Typen verlassen will, der sich seinen Namen durch das Austrinken einer Ketchupflasche verdient hat, aber eine andere Chance haben Matt und ich ja nicht.

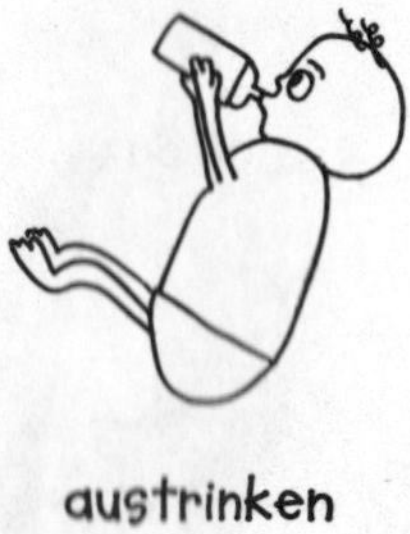

austrinken

»Nein, die nicht«, sagt Heinz, als

Matt schon losstürzen will. Er schiebt Matts Brett parallel neben meins. »Manchmal ist Geduld das Allerwichtigste hier draußen.«

Nach ein paar Minuten dreht Heinz sich dann zu mir um. »Die nächste ist deine – los!« Und bevor ich auch nur eine einzige Frage stellen kann, schubst er mein Board mit mir obendrauf Richtung Strand.

Ich springe sofort auf die Füße. Damit wäre das heutige Lernziel gleich mal erreicht. Jetzt muss ich es nur noch schaffen, auf dem Brett zu bleiben. Das gelingt mir auch, allerdings nur circa eine halbe Sekunde lang, dann falle ich runter und werde sofort unter Wasser gesaugt.

circa

Davor, das Brett zu verlieren, hab ich keine Angst (es ist schließlich an meinem Bein festgebunden) – wohl aber davor, dass es mir eins überzieht. Nachdem der Ozean mich meh-

eins überziehen

rere Sekunden durch die Gegend geschleudert hat, schaffe ich es an die Oberfläche und hole gierig Luft.

Obwohl ich gerade tierisch Wasser schlucken musste und kaum ein paar Zentimeter weit gesurft bin, ist mir jetzt schon klar, wieso Leute von dieser Sportart so abhängig werden können. Echt, mein erster Versuch ist total in die Hose gegangen, aber es war OBERGEIL!

abhängig

Als ich höre, wie Heinz Matt das Go-Zeichen zubrüllt, wirbele ich herum und schaue ihm zu. Matt kommt supergut auf die Beine – zwar etwas langsamer als ich, aber dafür hält er sich aufrecht auf dem Brett. Mein bester Freund reitet seine allererste Welle bis ganz zum Ufer! Ich würde lügen, wenn ich behaupten würde, jetzt nicht doch ein kleines bisschen neidisch zu sein.

Als er aus dem Wasser auftaucht,

stehe ich schon da und nehme ihn in Empfang.

»Hey, das war irre!«, rufe ich. »Du bist das ganze Stück oben geblieben!«

Matt stößt einen ohrenbetäubenden Schrei aus und zieht an der Leine, um sein Brett ranzuholen. »Los, das machen wir gleich noch mal!«

Heinz winkt uns wieder aufs Meer hinaus. Auch wenn er bestimmt mindestens fünfzehn Meter weit draußen ist und wir mühsam gegen Wind und Wellen ankämpfen müssen, paddeln Matt und ich ohne ein Wort der Klage auf ihn zu. Ich brauche insgesamt vier weitere Versuche, um eine Welle bis ganz zum Ufer zu reiten.

Versuche

»Klasse gemacht, Jungs!«, sagt Carly hinterher. Ihre Haare hängen in kleinen blonden Spiralen von ihrem Kopf herab.

»Nicht schlecht fürs erste Mal«, sagt Crash.

Matt und ich wechseln einen Blick. Dass Crash überhaupt mit uns spricht, und uns dann auch noch ein Kompliment macht, ist mehr, als wir uns je erträumt hätten.

»Ich bleib noch eine Weile hier«, wendet er sich an Carly. »Willst du nicht mit deinen Freunden nach Hause gehen?«

erwartungsvoll

»Ich könnte auch hier bleiben.« Sie sieht ihn erwartungsvoll an.

Matt und ich wühlen in unseren Taschen nach Geld, um Heinz für den Unterricht zu bezahlen, und versuchen dabei die private Unterhaltung zwischen den beiden auszublenden.

»Hab gerade eine SMS von Freddy gekriegt«, sagt Crash. »Ich treffe mich nachher im Laden mit ihm.« Er drückt Carly einen flüchtigen Kuss auf den Mund, dann macht er sich wieder auf den Weg zum Wasser.

Ich sehe Carly an, dass sie Crash

nicht gehen lassen will. Unschlüssig schaut sie zum Parkplatz rüber.

»Hey, wollen wir uns diese genialen Chicken Wings holen, von denen du immer so schwärmst?«, frage ich sie.

Sie nickt und folgt uns, als wir unsere Boards zu Heinz' Wagen bringen. Aber sie sagt dabei keinen Ton, obwohl sie doch sonst so gesprächig ist.

»Du musst echt unbedingt mitkommen«, sagt Matt. »Für den Fall, dass Derek nicht genug Geld dabeihat.«

Einerseits sieht Carly so aus, als würde sie gleich loslachen wollen, andererseits wirkt sie immer noch traurig. »Ich hatte nur gedacht, Crash und ich würden den Tag zusammen verbringen.«

»Sorry, dass du mit uns beiden als Trostpreis vorlieb nehmen musst«, sage ich.

Sie pikst mir ihren Ellbogen in die

Seite. »Das hab ich nicht gesagt.« Dann stürmt sie davon, den Hügel hinauf, und wir sind herausgefordert, sie einzuholen.

An sich wäre das ein Kinderspiel, aber sowohl Matt als auch ich halten uns zurück, damit Carly gewinnt.

# Eine Arbeitsgruppe ohne Teilnehmer

entsetzt

Bei der nächsten Gruppensitzung muss ich zu meinem Entsetzen feststellen, dass außer Matt und mir niemand da ist. Carly hat einen Arzttermin, das weiß ich, aber wo sind die anderen?

»War die erste Stunde denn so schlecht?«, frage ich Matt. »Ist deswegen keiner zur zweiten gekommen?«

Ms Ramirez nimmt ihm die Antwort ab. »Es ist normal, dass die Teilnehmerzahl nach der ersten Stunde rapide abnimmt. Passiert in fast jeder Arbeitsgruppe. Die Schüler langweilen sich heutzutage unglaublich schnell.«

»Langweilen? Wenn das Thema

Comics lautet?« Das scheint mir unmöglich zu sein.

Widerwillig widme ich mich dem Ablaufplan, hefte mir ein Lächeln ins Gesicht und erkläre Matt, wir würden heute wieder darüber sprechen, wie man glaubhafte Figuren erschafft. Wie es ein bester Freund eben tut, hört er mir aufmerksam zu, auch als ich zweimal aus dem Konzept gerate.

widerwillig

aufmerksam

Nach einer halben Stunde tauchen plötzlich Tommy und Terry auf.

»Entschuldigung«, sagt Tommy. »Wir hatten ein Band-Treffen und das hat so lange gedauert.«

Ich sehe ihnen erleichtert zu, wie sie sich auf ihre Plätze setzen. Wieso denke ich immer, jeder wäre gegen mich? Es geht doch nicht immer nur um mich - vielleicht haben die anderen Kids, die heute nicht gekommen sind, ja auch gute Gründe dafür. Mit neuem Lebensmut mache ich mich an

Lebensmut

die Arbeit und bringe Beispiele aus meinen Zeichenblöcken zum Einsatz. Wie eine Comic-Tischdecke bedecken meine Blätter das Pult. Alles läuft super, bis … Umberto reinkommt.

»Hey, ich wusste gar nicht, dass heute Vorzeigetag ist«, sagt er. »Sonst hätte ich ein paar Sachen für alle mitgebracht.« Er greift in den Rucksack, der hinten an seinem Rollstuhl hängt. »Aber Moment, ich hab ja doch was dabei!«

umlenken

Er holt einen Packen selbst gemachte Comicbücher raus und teilt sie aus. Damit hat er es in nicht mal zwei Sekunden geschafft, die Aufmerksamkeit der Leute von meiner Arbeit auf seine umzulenken. Ich blättere seine total lahmen und einfallslosen Super-Hank-Zeichnungen durch, bis ich zu einer Szene komme, in der sein Klonheld zwei Terroristen fasst, die zufällig … Babyrobben sind.

Sofort kocht die Wut in mir hoch. »Willst du mich verarschen? Das ist doch das totale Plagiat!«

Umberto grient mich an, als wäre er eine Katze, die gerade den Kanarienvogel verspeist hat. »Wieso? Siehst du irgendwo Ähnlichkeiten zwischen meinen Strips und deinen?«

»Ja, und das weißt du ganz genau! Oder soll das Zufall sein, dass zwei Leute, die in der Klasse direkt nebeneinander sitzen, beide auf die Idee kommen, als Comic-Bösewichte ausgerechnet Babyrobben zu verwenden?« Meine Stimme trieft vor Sarkasmus.

Umberto funkelt mich mit gespielter Unschuld an. »Meine Bösewichte sind Seelöwen, und das ist was ganz anderes als Babyrobben, okay? Seelöwen haben Ohren. Sie sind sehr soziale Tiere und verbringen sehr viel Zeit an Land ...«

»Es interessiert mich nicht, was Seelöwen machen!«, schreie ich. »Erst klaust du mir die Idee mit dem Affen und jetzt kopierst du auch noch meine Robbe! Du würdest eine klasse Idee ja nicht mal erkennen, wenn sie dir direkt in den Hintern beißt!«

»Was nie passieren dürfte«, sagt er lachend. »Wo mein Hintern doch immer im Rollstuhl eingequetscht ist.«

Und schon wieder hat er es geschafft, eine harmlose Bemerkung meinerseits in einen fiesen Angriff auf seine Behinderung zu verwandeln. In der Hinsicht ist er echt unschlagbar, das muss man ihm lassen.

Matt versucht die Situation zu entschärfen, indem er Tommy bittet, mir von der neuen Tusche zu erzählen, die er vor Kurzem entdeckt hat. Während Tommy berichtet, wie sehr sich seine Schrift verbessert hat, seit er das neue Zeug verwendet,

entschärfen

katapultiert mich mein Kopf mehrere Jahre in die Zukunft – Umberto und ich kämpfen auf der Schulabschlussfeier in voller Montur gegeneinander, und er versucht mich mit dem Rollstuhl umzufahren, während ich mein Zeugnis in Empfang nehmen will.

Ich bin fest entschlossen, die anderen Teilnehmer nicht unter meinem Zwist mit Umberto leiden zu lassen, also steuere ich das Gespräch vorsichtig wieder zum Thema zurück.

Zwist

Der Rest der Stunde vergeht wie im Flug, ich bin richtig überrascht, als Ms Ramirez verkündet, es sei schon vier Uhr.

Als ich mein Zeug einpacke, schaut Umberto zu mir her. »Die sind wirklich gut«, sagt er. »Sorry, dass ich meine so in den Mittelpunkt gestellt habe.«

Ich beschließe, Carlys Rat zu befolgen und den Köder diesmal nicht zu schlucken.

»Bist du so weit, Matt?«, frage ich.

Umberto stellt sich mir in den Weg. »Hey, Coco. Ich rede mit dir.«

Ich ignoriere ihn weiter, was ihn offensichtlich noch wütender macht. Ich schaue mich nach Ms Ramirez um, aber die ist schon draußen auf dem Flur und unterhält sich mit Mrs Taylor.

»Hey, Derek«, sagt Matt. »Wir werden abgeholt.«

Ich haste an Umberto vorbei zum Ausgang. Ich weiß, dass Matt lügt – kein Mensch holt uns ab, wir müssen nach Hause laufen –, aber ich weiß es zu schätzen, dass mein bester Freund versucht hat, mich aus der Situation rauszuholen.

rausholen

»Du kannst vor mir wegrennen, aber du kannst dich nicht vor mir verstecken!«, ruft Umberto mir nach. »Ich hingegen kann nicht mal rennen.«

Draußen angekommen bedanke ich

mich bei Matt dafür, dass er mich gerettet hat.

»Du brauchst eine neue Strategie«, sagt er. »Das mit Umberto wird ja immer übler.«

Ich nicke. Er hat recht.

»Lass uns zu mir gehen«, sagt er. »Da wartet eine Ladung Hotdogs auf dich.«

Jeder andere würde jetzt annehmen, Matt schlägt mir ein frühes Abendessen vor, ich hingegen weiß es besser. Als wir bei ihm ankommen, holt er die Hotdogs aus dem Kühlschrank und ein Knäuel dicken Draht aus der Garage. Den Draht schneiden wir in fünf Zentimeter lange Stücke, dann klopfen wir mit einem Nagel Löcher oben in jeden Hotdog. Mit dem Kleber, den Matts Mutter für ihre Bastelsachen benutzt, kleben wir die Drähte in jeden Hotdog, bis die wie Dynamitstangen aussehen, komplett mit Lunte und allem Drum und Dran. Solche Fake-Bomben haben wir in der Grundschule immer wieder gebastelt, und dann haben wir so getan, als würden wir damit Lego-Städte demolieren, die wir in mühevoller und stundenlanger Arbeit gebaut hatten. Diesmal platzieren wir die Dinger um die Gartenbeete von Matts Mutter herum und stellen uns – unter Hinzuziehung entsprechender Explosionsgeräusche – vor, wie haufenweise Erdklumpen durch die Gegend fliegen. Kindisch, ich weiß, aber immerhin macht das unser Leben für eine Stunde oder so wieder einfach und unbeschwert.

demolieren

BUUUMM!

# Ärger auf Rädern

Ich habe mir fest vorgenommen, Umberto am nächsten Tag auch wieder komplett zu ignorieren, aber er nimmt mich schon ins Visier, kaum dass ich mich hingesetzt habe.

ins Visier nehmen

»Nur damit das klar ist«, sagt er. »Ich hab deine Babyrobbe nicht nachgemacht.«

Ich weiß, dass er mich nur aus der Reserve locken will, aber ich gehe blöderweise trotzdem drauf ein. »Genau wie du auch meinen Affen nicht nachgemacht hast, ja?«

»Genau.« Er grinst. »Was meinst du, wie hoch die Wahrscheinlichkeit ist?«

»Eins zu einer Milliarde.« Ich weiß, dabei sollte ich es belassen, aber ich tue es nicht. »Ungefähr genau so hoch wie die Wahrscheinlichkeit, dass dir überhaupt je was Originelles einfallen wird.«

Umbertos Augen blitzen zornig auf. »Willst du mich beleidigen? Denk dran, wer austeilt, muss auch einstecken können.«

»Ach, das kann ich, keine Sorge.«

»Fein. Dann sehen wir uns heute um drei hinter dem Schulgebäude. Ich werde dir den Arsch aufreißen.«

»WAS?«

Was sollte das denn schon wieder?!

Aber bevor ich noch etwas sagen kann, rollt Umberto davon. Es ist noch nicht mal halb neun und der Tag hat schon angefangen, sich in eine Katastrophe zu verwandeln.

Wenn man von dem einen Mal absieht, wo ich dazwischengegangen bin, als Swifty und Tommy aufeinander losgehen wollten, bin ich noch nie in eine Schulhofprügelei verwickelt gewesen. Und schon gar nicht in eine gegen einen Rollstuhlfahrer. Ich kenne auch niemanden, der schon mal in so einer Situation gewesen wäre. Das ist geradezu absurd! Ich sehe Umberto an, suche nach Anzeichen dafür, dass er mich auf den Arm nehmen will.

absurd

Aber der höhnische Ausdruck in seinem Gesicht ist verschwunden, stattdessen schießen seine Augen jetzt messerscharfe Blitze auf mich ab. Er hält drei Finger hoch. »Drei Uhr. Ich werde dir wehtun. Sehr wehtun.«

Ist der verrückt geworden, oder was? Während Ms McCoddle zu ihrem Vortrag über die Antarktis ansetzt, steigt eine Welle der Panik in mir hoch. Das ist doch nur ein weiterer Versuch, mich einzuschüchtern, oder? Kann doch nicht sein, dass Umberto wirklich annimmt, ich würde mich mit ihm prügeln. Mann, er sitzt im Rollstuhl! Ich erinnere mich daran, wie geschickt er mit dem Lacrosse-Schläger umgegangen ist. Vielleicht ist Umberto ja ein Oberkörper-Kampfkunst-Experte, der es kaum erwarten kann, seine tödlichen Moves an meiner Wenigkeit auszuprobieren? Ich spüre, wie ich zu schwitzen beginne, zum ersten Mal seit dem Sommer.

Geschicklichkeit

Als die Schulglocke läutet, renne ich sofort aus dem Klassenzimmer.

»Umberto will sich mit mir prügeln«, berichte ich Matt.

»Na klar, sonst noch was?«

»Ich meine es ernst! Um drei, hinter der Schule.«

Matt starrt mich an, um zu beurteilen, ob ich ihn wohl auf den Arm nehmen will.

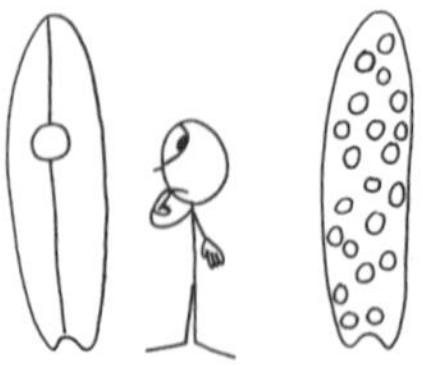

beurteilen

»Du musst mir aus der Nummer raushelfen!«

»Ach komm, der will dich bestimmt nur veräppeln.«

Swifty stapft auf dem Weg zu seinem Schließfach an uns vorbei. »Drei Uhr, stimmt's? Kann's kaum erwarten zu sehen, wie du aufs Kreuz gelegt wirst.«

»Na super«, sagt Matt. »Anscheinend hat Umberto schon der ganzen Schule davon erzählt.«

Ich sage zu Swifty, dass er sich verziehen soll, da kommt auch schon Carly angeschossen. »Du wirst dich doch nicht wirklich mit ihm prügeln, oder?«, fragt sie mich. »Bitte sag mir, dass du das nicht tust.«

»Und was dann? Soll ich mich den Rest des Jahres Feigling nennen lassen?«

»Weil du dich nicht getraut hast, gegen einen Jungen im Rollstuhl anzutreten ...«, fügt Matt hinzu. »Oh Mann, das wird dir ewig nachhängen.«

Wir sehen zu Umberto rüber, der von einer Traube Klassenkameraden umringt ist. Unglaublich, dass ich dem Typen mal helfen wollte. Ich hab sogar einen Plan aufgestellt, wie ich Frank für ihn trainieren könnte! Eine Welle der Selbstgerechtigkeit schwappt über mich hinweg. Wer denkt der eigentlich, wer er ist? Ist gerade erst an unsere Schule gewechselt und macht von Anfang an nur Ärger! Kopiert meine Comics und bringt mir Probleme mit den Lehrern ein. Ich entscheide, dass eindeutig Umberto es ist, der mal den Arsch aufgerissen kriegen sollte. Rollstuhl hin oder her, ich hab es satt, mich von ihm so mies behandeln zu lassen.

»Drei Uhr«, sage ich zu Carly und Matt. »Umberto will sich prügeln? Na schön, soll er haben.«

# Das bedeutet Krieg, das weißt du hoffentlich?!

»Du kannst dich nicht mit einem Rollstuhlfahrer prügeln«, sagt Carly. »Das ist einfach komplett ... wie soll ich sagen? Ja, FALSCH!«

»Zum hundertsten Mal: Das war nicht meine Idee.«

»Na und, so was weiß doch jedes Kind – wenn dir jemand ständig blöd kommt, geh weg und lass ihn einfach stehen.«

»Wenn ich schon nicht weggehen kann, dann soll er das auch nicht«, ruft Umberto dazwischen und saust den Flur hinunter.

»Hab ich auch nicht vor!«, schreie

ich hinter ihm her. »Ich werde da sein.«

Carly drückt ihre Bücher fester an die Brust und schüttelt traurig den Kopf. »Ich will damit nichts zu tun haben. Du bist auf dich allein gestellt.«

Ich zeige zu ihrem Schließfach rüber, wo Crash auf sie wartet. »Schön für dich, dass DU nicht auf dich allein gestellt bist.«

Sie legt den Kopf schief, als würde sie überlegen, ob sie zu Crash gehen soll oder nicht. »Ich werde dir jedenfalls nicht dabei zuschauen, wie du dich mit Umberto prügelst«, sagt sie und geht dann zu ihrem Freund.

Als die Schulglocke den Unterrichtsschluss ankündigt, massiert Matt mir die Schultern, als wäre ich ein Boxer, der gleich in den Ring steigt. Zu meiner Bestürzung haben sich schon mindestens fünfzig Schüler draußen hinter der Schule versammelt und warten auf uns.

»Kämpfen, kämpfen, kämpfen«, johlen sie.

Einerseits würde ich jetzt am liebsten schreiend davonrennen und erst stehen bleiben, wenn ich zu Hause unter meinem Bett in Sicherheit bin. Aber andererseits putschen mich diese plötzliche Aufmerksamkeit und der zweifelhafte Ruhm, den ich mir offenbar langsam erarbeite, irgendwie ziemlich auf. Ich schaue in die Runde. Selbst Charlotte Mayo und Mackenzie Brennan stehen da und grölen die Schlachtrufe mit. Ich hätte nicht gedacht, dass die überhaupt wissen, wer ich bin.

aufputschen

Ruhm

»Das ist ja wie bei einem Duell vor Hunderten von Jahren«, raunt Matt. »Total irre.«

Billy Thompson, der nur ein paar Häuser von Matt entfernt wohnt, fügt hinzu: »Der russische Dichter Alexander Puschkin ist bei einem Duell ums Leben gekommen.«

»Heute wird es keine Toten geben«, sagt Matt.

Meine Vorfreude verwandelt sich sofort wieder in Angst und der kalte Schweiß rinnt mir in Strömen den Rücken hinunter. »Ich muss hier weg«, sage ich zu Matt. »Lass uns gehen.«

»Niemand geht hier irgendwohin«, sagt Umberto, der plötzlich hinter mir auftaucht. »Und, bist du bereit, dir den Arsch aufreißen zu lassen?«

Während die anderen Kids seinen Namen rufen, halte ich auf dem Schulhof nach irgendeinem zufällig vorbeikommenden Lehrer Ausschau, der diesem Wahnsinn ein Ende bereiten könnte. Wieso ist nie ein Erwachsener zur Stelle, wenn man ihn mal dringend braucht?

zufällig

»Wähle deine Waffe«, sagt Umberto. Zwei Lacrosse-Schläger und zwei Paar Box-Handschuhe liegen auf seinem Schoß.

»Bist du verrückt geworden? Wer bringt denn Box-Handschuhe mit in die Schule?«

»Ich boxe im Verein«, sagt Umberto. »Und in Karate hab ich den schwarzen Gürtel.«

Billy Thompson mischt sich wieder ein. »Hast du Umbertos Videos auf YouTube etwa nicht gesehen? Er zerschlägt Bretter mit dem Kopf und Ziegelsteine mit der nackten Handkante. Der Typ ist echt unglaublich.«

Meine Wut schwenkt von Umberto auf Billy Thompson um.

Ich wende mich Matt zu. »Das ist lächerlich. Ich prügle mich doch nicht mit einem Jungen im Rollstuhl.«

Umberto ist meine Bemerkung nicht entgangen. »Soll ich aus dem Stuhl raus? Ich bin sicher, ich besiege dich sogar noch, wenn ich am Boden liege.«

Mein Leben zieht wie im Schnelldurchlauf an meinem inneren Auge vorbei. Ich denke an meine Zeichnungen und wünschte, Super-Frank wäre hier, um mir zu helfen. Mag sein, dass er nur erfunden ist, aber ich wüsste nicht, wer mir heute sonst aus diesem Schlamassel raushelfen könnte.

»Jetzt hast du die Nummer aber lang genug hinausgezögert«, sagt Umberto und wirft mir einen Lacrosse-Schläger zu. »Du nimmst die eine Seite des Schulhofs, ich die andere. Wir treffen uns in der Mitte und kämpfen so lange, bis einer gewinnt.«

»Was meinst du eigentlich, wo wir hier sind? Im Mittelalter oder was?«

»Ritterturniere gab es in Europa schon im zehnten Jahrhundert«, sagt Billy Thompson. »Anfangs waren ...«

Mittelalter

»Halt doch endlich mal die Klappe!«, schreie ich ihn an. Dann schnappe ich mir den Lacrosse-Schläger und gehe auf die Westseite des Schulhofs rüber. »Bringen wir es hinter uns.«

Alle fangen wieder an, »Kämpfen, kämpfen, kämpfen« zu rufen, und als Stephen sein Stirnband schwenkt, rasen Umberto und ich auf die Mitte des Platzes zu. Mit seinem Rollstuhl ist er viel schneller als ich. Carlys Worte hallen in meinem Kopf nach und erinnern mich daran, was für eine unfassbar bescheuerte Idee das hier ist.

Stirnband

Noch bevor ich dazu komme, meinen Schläger zu heben, verpasst mir Umberto einen Hieb gegen das Knie. Ich versuche mir nichts anmerken zu lassen, aber es tut so schweinemäßig weh, dass ich kurz aufschreie. Ich hebe den Schläger über den Kopf, um Umberto zu schlagen, da ertönt plötzlich ein Schrei, der mich erstarren lässt.

zurechtweisen

»Derek Fallon, nimm sofort den Schläger runter!«

Megapeinlich, von Ms McCoddle zurechtgewiesen zu werden, und dann auch noch vor der ganzen Schule.

auflösen

»Ich wollte das von Anfang an nicht!«, sage ich, während die Meute sich aufzulösen beginnt. »Es war Umbertos Idee.«

Umberto hat es irgendwie geschafft, die Box-Handschuhe und seinen eigenen Schläger verschwinden zu lassen. Ich versuche mir vorzustellen, wie die Situation aus Ms McCoddles Perspektive aussehen muss: Ich schwenke eine Waffe gegen einen wehrlosen neuen Jungen, der im Rollstuhl sitzt und jetzt den perfekten Unschuldslamm-Blick aufgesetzt hat.

wehrlos

»Ab ins Büro des Direktors, alle beide. SOFORT!«, brüllt sie.

Auf einmal scheint Umbertos Gelassenheit erste Risse zu kriegen. Es scheint mir, als würde ihm jetzt doch langsam die Düse gehen.

»Ms McCoddle, bitte ...«, setze ich an.

»Es wird nicht wieder vorkommen«, sagt Umberto.

Sie wirbelt herum und starrt uns beide an. »Ihr habt die Wahl: Eine Woche Nachsitzen unter meiner Aufsicht oder ein Gespräch mit Mr Demetri und euren Eltern.«

Nachsitzen

»Nachsitzen«, antworten Umberto und ich wie aus einem Munde.

»Ab in mein Klassenzimmer, los!«

Eine Frage lässt mich auf dem ganzen Weg dahin nicht los: Was soll ich bloß meinen Eltern sagen, wenn ich endlich nach Hause komme?

# Sie wollen, dass wir WAS machen?!

Ms McCoddle ist immer noch im Superstreng-Modus, als sie in ihrem Büro die Tafel sauberwischt.

»So sieht der Plan aus: Ihr beiden werdet gemeinsam ein Projekt auf die Beine stellen, und zwar bis nächste Woche.«

kooperativ

Ich will mich schon beschweren, überlege es mir dann aber anders. Umberto hat wieder sein kooperatives Grinsen aufgesetzt. Was für ein verlogener Mistkerl.

»Da ihr euch ja beide für Comics interessiert, werdet ihr euch jetzt zusammen einen ausdenken. Ich wiederhole: zusammen. Ohne Streit, ohne alles.«

»Ich würde ja sehr gern mit Derek zusammenarbeiten, Ms McCoddle«, sagt Umberto. »Aber ich weiß nicht, wie das gehen soll, wenn Derek mir ständig meine Ideen klaut.«

»BIST DU BESCHEUERT ODER WAS?!« Noch bevor ich den Satz zu Ende gebrüllt habe, wird mir klar, dass es nur ein cleverer Trick von Umberto war, um mich vor Ms McCoddle vorzuführen. Ich sammle mich, bevor ich fortfahre. »Ich finde, das ist eine tolle Idee. Könnte Spaß machen.«

Trick

Als Ms McCoddle sich nur mit Mühe ein Lächeln verkneift, wird mir bewusst, dass ich es jetzt wohl zu weit in die andere Richtung getrieben habe. »Okay, dann wäre das geklärt«, sagt sie. »Morgen geht's los. Ich brauche einen Brief von eurer beider Eltern, der besagt, dass sie dabei sind.«

Matt und Carly warten schon vor dem Haupteingang der Schule auf mich. Ich mache mir nicht die Mühe, nach hinten zu sehen, ob Umberto noch da ist.

»Und, gab's Ärger?«, fragt Carly.

»Musstest du zu Demetri?«, fügt Matt hinzu.

Ich erzähle ihnen von der bevorstehenden Nachsitz-Arie, aber erst als ich ihnen davon berichte, dass ich dazu verdonnert wurde, mit Umberto zusammen einen Comic zu zeichnen, stöhnen sie auf.

»Der Typ hat doch keine einzige richtig gute Idee«, sagt Matt. »Er kopiert nur deine Sachen.«

Carly schüttelt den Kopf, ihr Blick geht ins Leere. »Ich verstehe das nicht. Wieso hat der dich so auf dem Kieker? Du bist doch so ein lieber Kerl.«

Ich spüre, wie meine Wangen bei

dem unerwarteten Kompliment zu glühen anfangen.

Dann sehe ich an Matt vorbei, dass Umberto sich immer noch im Schulgebäude aufhält. Die automatische Tür ist verschlossen, er versucht also die normale Tür aufzukriegen, um nach draußen zu fahren. Außer uns ist niemand mehr da, und außer mir hat ihn offensichtlich niemand gesehen.

automatisch

»Los, wir gehen«, sage ich zu Carly und Matt.

Bestimmt kommt gleich jemand vorbei und hilft Umberto. Ich mach's jedenfalls nicht.

# Das erste Mal Nachsitzen

Dass meine Eltern wenig begeistert sind, als sie von der Woche Nachsitzen erfahren, brauche ich wohl gar nicht erst zu erwähnen. Mom hört sich meine Version der Geschichte an und sagt dann, sie würde gleich morgen Ms McCoddle anrufen.

piesacken

»Klingt, als würde er dich wirklich piesacken. Was hast du gemacht, dass er es so auf dich abgesehen hat?«

Ich erkläre ihr, dass ich mich das auch schon seit Wochen frage. Und keine Antwort finde.

»Wir werden das schon rauskriegen«, sagt Mom.

Dann klopft eine von ihren Sprechstundenhilfen an die Tür und berichtet, es gäbe einen Notfall – ein Dalmatiner sei von einem Auto erfasst worden. Für den Hund tut es mir leid, aber ich bin froh, dass das Gespräch damit schlagartig zu Ende ist. Ich grapsche mir eine Hand voll Kekse und verziehe mich in mein Zimmer.

schlagartig

Eins muss man Umberto lassen, er ist erfinderisch und hat es echt drauf, sich aus brenzligen Situationen rauszureden. Wie der wohl an seiner alten Schule war? Hat er da auch andere Schüler schikaniert und ihnen Nachsitzstunden eingebrockt?

erfinderisch

Um mich von der bevorstehenden Strafaktion abzulenken, arbeite ich den Rest des Nachmittags an meinem Comicstrip. Als Anspielung auf meinen Peiniger nenne ich den Bösewicht Roberto. Ich zeichne ihn, wie er in einer Gefängniszelle hockt, in der sich außer einer Pritsche und einer Toilette nur noch ein riesiger, mit Tattoos übersäter Zellengenosse befindet.

Danach geht es mir etwas besser, und bis zum Abendessen hab ich gleich einen ganzen Stapel mit Roberto-Zeichnungen fertig – Roberto macht dabei jede Menge lächerlicher Sachen durch –, und dazu einen neuen Super-Frank-Strip.

Als er uns das Hühnchen vorsetzt, gibt Dad auch noch seinen Senf dazu: Wenn jemand einem was Böses will, sollte man am besten der Klügere sein, der nachgibt und den Angreifer ins Leere schlagen lässt. Ich höre mir seinen Vortrag an und frage mich, warum Eltern immer zu irgendwelchen blumigen Redewendungen greifen müssen, wenn sie einem was ernsthaft erklären wollen. Das lässt in mir den Wunsch entstehen, auf der

Stelle den Kopf in den Sand zu stecken wie ein Vogel Strauß.

»Und dann, wenn etwas Gras über die Sache gewachsen ist …«, sagt Mom.

Ich mache die Augen zu. Wenn Mom jetzt auch noch so anfängt, kann das nur heißen, dass sie sich für eine Ernsthafte Unterhaltung Klasse A warmreden.

»Wir haben übrigens einige Informationen für dich zusammengestellt«, fährt sie fort.

»Informationen zu welchem Thema?«, frage ich.

Mein Vater schaut mir direkt in die Augen. »Mobbing.«

# Ich will hier raus!

beschäftigt

Mich immer und immer wieder wie besessen mit Umberto zu beschäftigen ist so ziemlich das Letzte, was ich will, aber ich sehe meinen Eltern an, dass sie mich heute Abend auf keinen Fall ohne eine Diskussion darüber davonkommen lassen werden. Sie haben mir sogar seitenweise Infos aus dem Internet ausgedruckt. Ich bete zu allen Göttern, dass mein Zahnarzt anrufen und mich zu einer notfallmäßigen Wurzelbehandlung einbestellen möge.

»Mobbing und Schikaniertwerden sind derzeit ein echt heißes Thema«, fängt Dad an. »Es gibt massenweise

Webseiten, Bücher und Beratungsstellen dazu, wo man sich informieren kann.«

Ich traue mich kaum, die folgende Frage zu stellen. »Erzählt ihr mir das alles jetzt, weil ich gemobbt werde oder weil ihr denkt, ICH mobbe andere – weil ich mich doch neulich geprügelt habe?«

Mom wirkt plötzlich verwirrt, was bei ihr Seltenheitswert hat. »Wenn ich dich richtig verstanden habe, schikaniert Umberto dich. Oder hab ich das in den falschen Hals bekommen?«

Seltenheitswert

»Nein! Ich wollte nur noch mal sichergehen.« Ich würde im Moment alles dafür geben, mit Frank – der in seinem Käfig sitzt – die Plätze tauschen zu können. Wirklich alles.

Meine Mutter beruhigt sich etwas. »Die Experten sind der Meinung, wenn jemand versucht, einen ständig zu reizen, ist es am besten, ihm einfach den Rücken zu kehren.«

Sie starren mich beide an, offenbar in der Erwartung einer sinnvollen Erwiderung.

hartnäckig

»Ich weiß, ich hätte ihm den Rücken kehren sollen«, sage ich. »Ich hab's ja auch versucht. Aber Umberto ist echt hartnäckig, er hat einfach nicht lockergelassen.«

»Du hättest es trotzdem anders handhaben können«, beharrt Mom. »Du hättest um drei aus der Schule gehen können. Du hättest einem Lehrer Bescheid sagen können.«

»Ja, es gibt vieles, was ich hätte tun können«, sage ich. »Hab ich aber nun mal nicht.«

»Warum?« Die einfachste Frage der Welt, aber leider gibt's darauf keine einfache Antwort.

Meine Eltern warten darauf, dass ich etwas erwidere. So geduldig, wie die sind, würden sie wohl echt gute Wellenreiter abgeben.

Schließlich legt Mom den Kopf schief und schaut mir in die Augen. »Ich weiß, warum du hingegangen bist«, sagt sie. »Ich möchte nur, dass du es selbst erzählst.«

Ich kenne meine Eltern gut genug, um zu wissen, dass sie das Thema jetzt auf keinen Fall fallen lassen werden. So ist das bei Einzelkindern: Ständig müssen die Eltern jeden noch so kleinen Pups über-interpretieren, als gäbe es auf der Welt nichts Wichtigeres als meine Probleme in der Schule. Normalerweise fühle ich mich von so viel Aufmerksamkeit geschmeichelt, aber heute geht mir das Ganze nur auf den Keks.

Ich seufze. »Ich bin hingegangen, weil ich nicht der Feigling sein wollte, der sich nicht traut, gegen einen Rollstuhlfahrer anzutreten.«

»Das ist aber falsch, und zwar gleich auf mehreren Ebenen«, sagt Mom. »Erstens: Auch wenn er im Rollstuhl sitzt, hätte Umberto dich schlagen können, durch irgendwelche schlauen Tricks oder so. Schlausein ist im Kampf sehr wichtig.«

Ich traue mich nicht, sie mit der Frage zu unterbrechen, wieso sie auf einmal Expertin in der Kunst des Faustkampfes Mann-gegen-Mann ist.

»Zweitens«, fährt sie fort. »Wenn du denkst, du hättest den Sieg verdient, nur weil du gesund bist und er nicht, dann ist das auch falsch.«

Ich will protestieren, aber sie hält eine Hand hoch. »Was Umberto angeht – er muss kapieren, dass seine Behinderung ihm nicht das Recht gibt, andere zu schikanieren. Ein Handicap als Entschuldigung für schlechtes Benehmen zu missbrauchen ist genauso falsch.«

Ich schiele zur Uhr rüber und frage mich, wann diese Inquisition wohl ein Ende haben wird. Mein Vater muss gespürt haben, wie unbehaglich ich mich fühle, denn er schiebt mir einen Zettel über den Tisch zu.

Inquisition

»Lies das mal in Ruhe durch«, sagt er. »Und dann sagst du uns, was du davon hältst.«

unbehaglich

»Jeremy, ich war noch nicht fertig«, sagt Mom.

Dad legt ihr eine Hand auf den Arm. »Ich finde, totquatschen müssen wir das Thema jetzt auch nicht.«

totquatschen

In diesem Augenblick liebe ich meinen Vater mehr als Weihnachten und Geburtstag zusammen. Ich liebe Mom auch, aber die Frau ist echt Weltmeisterin im Totquatschen. Ich könnte schwören, dass sogar Frank einen Seufzer der Erleichterung ausstößt.

Ich schnappe mir den Zettel und renne in mein Zimmer.

Das war eben viel schlimmer als eine Wurzelbehandlung. Dabei hatte ich noch nie eine.

# Verrückte Tatsachen

Wer mich kennt, der weiß, dass ich Lesen hasse. Aber ich muss zugeben, einige der Statistiken und Fakten zum Thema Mobbing und Einschüchterung waren echt interessant - und erschreckend.

Statistik

Ich packe den Zettel in eine Mappe und stopfe sie unter die Bücher auf meinem Schreibtisch. Wieso haben mir meine Eltern so ein Zeug als Gutenachtlektüre aufs Auge gedrückt? Jetzt liege ich neben Bodi auf dem Boden und versuche so zu tun, als hätte ich das alles nie gelesen.

Einschüchterung

Ich weiß die Bemühungen meiner Eltern ja zu schätzen, aber Umberto macht keinerlei Anstalten, mit seinem Verhalten aufzuhören. Es tröstet mich kaum zu wissen, dass es auf der Welt andere Kinder gibt, die viel schlimmer schikaniert werden als ich. Und egal was Mom sagt: Dass Umberto im Rollstuhl sitzt, spielt sehr wohl eine Rolle.

Trost

Die Tipps, die meine Eltern ausgedruckt haben, wirbeln in meinem Kopf herum: Man soll vermeiden, dass man mit seinem Peiniger allein ist, seine Drohungen ignorieren, weggehen, einen sicheren Ort aufsuchen, sich einem Erwachsenen anvertrauen. Aber ich weiß nicht, wie gut einem diese Tipps noch helfen, wenn es wirklich hart auf hart kommt. Vielleicht bin ich auch nur zynisch, vielleicht sind diese Tipps idiotensicher und funktionieren immer. Am Ende beschließe ich, dass ein Versuch ja nicht schaden kann.

zynisch

# Lasset die Spiele beginnen!

Matt sagt, er könnte ja den Feueralarm auslösen, damit er auch nachsitzen muss, aber wir beide wissen, dass er das nicht tun wird. Carly ist auf Umberto und mich gleichermaßen sauer und ignoriert ihn, was aber nur dazu führt, dass Umberto IHR jetzt auch Ärger machen will. Aber Carly ist tausendmal schlauer als ich und fällt nicht auf seine böswilligen Tricks herein.

Ms McCoddle besteht darauf, dass wir unsere Strafe in ihrem Zimmer absitzen, statt bei Mrs Loughlin, der Nachsitz-Aufsicht. Anscheinend weiß

Ms McCoddle, dass Mrs Loughlin immer so in ihre Strickarbeit versunken ist, dass man als Nachsitzer so ziemlich alles machen kann. Also setzt sich Ms McCoddle an ihr Pult und korrigiert irgendwelche Arbeiten, während Umberto und ich an unseren normalen Plätzen hocken und mit der Comic-Gemeinschaftsarbeit beginnen sollen.

Mindestens zehn Minuten lang blättern wir schweigend und einander ignorierend unsere Zeichenblöcke durch, bis Ms McCoddle schließlich das Schweigen bricht.

Verlängerung

»Wenn ihr bis Ende der Woche keinen Comic GEMEINSAM erstellt habt, wird die Nachsitz-Strafe auf zwei Wochen verlängert. Hab ich mich klar ausgedrückt?«

Was ist bloß aus der heiteren, fröhlich vor sich hin singenden Vorschullehrerin Ms McCoddle geworden? Sie wendet sich erst wieder ihrer Arbeit zu, als Umberto und ich ein zustimmendes Grunzen von uns gegeben haben.

»Du bist doch derjenige, der sich für mega originell hält«, sagt Umberto. »Dann mach DU doch mal einen Vorschlag.«

»Genau aus diesem Grund solltest DU anfangen – um zu beweisen, dass du auch allein eine Figur erschaffen kannst.«

»Kinderspiel«, sagt er. »Kann ich im Schlaf.«

»Dann gönn dir doch ein Nickerchen und träum dir was aus.« Ich verschränke die Arme hinter dem Kopf, als hätte ich alle Zeit der Welt.

Mag sein, dass ich mir das nur einbilde, aber anscheinend ist Umberto ausnahmsweise mal sprachlos. Nervös lässt er den Blick durchs Zimmer schweifen.

»Und, was ist?«, frage ich. »Ich warte.«

Umberto nimmt einen Stift in die Hand und zeichnet einen ersten Szenenrahmen. Mein Selbstbewusstsein gerät ins Wanken, als ich sehe, dass er kein Lineal braucht, um eine supergerade Linie zu ziehen. Schnell und ordentlich zeichnet er etwas in den Rahmen und schiebt mir dann das Blatt über den Tisch rüber.

ins Wanken geraten

Ich starre auf sein Werk und muss lauthals lachen. Ms McCoddle sieht auf und lächelt – sie denkt wohl, wir haben Spaß. Sie könnte sich kaum schlimmer täuschen.

»Du hast einen Pinguin gezeichnet.«

»Wow«, sagt Umberto. »Du bist so gut im Tiere-Erkennen, vielleicht solltest du Zoologe werde.«

Zoologe

Ich halte das Blatt hoch und zeige auf die Wand hinter mir. »Jetzt kopierst du schon die Klassenzimmer-

Deko. Ich habe Ms McCoddle geholfen, das Pinguin-Bild aufzuhängen.«

Umberto lehnt sich in seinem Rollstuhl zurück. »Den hab ich gar nicht gesehen. Wird wohl dein Riesenschädel im Weg gewesen sein.«

»Es gibt auf diesem Planeten Millionen Tierarten, und das Einzige, was dir ZUFÄLLIG einfällt, ist ein Pinguin?«

»Na und? Du hast eine Babyrobbe genommen.« Er deutet grinsend auf die Robben, die auf dem Poster in der Ecke zu sehen sind.

»Ich habe meine Babyrobbe schon gezeichnet, BEVOR wir das Klassenzimmer neu gestaltet haben.«

»Ach ja? Ich hab das eher andersrum in Erinnerung.«

Der Herr möchte sich also in anderer Leute Glanz sonnen. Aber nicht mit mir. »Du lügst!« Meine Wangen glühen.

sonnen

Ms McCoddle steht von ihrem Tisch auf. »Gibt's ein Problem?«, fragt sie.

»Umberto kopiert schon wieder anderer Leute Ideen!«

Umberto zuckt mit den Schultern. »Mein Kollege hier ist mit der Comicfigur, die ich mir ausgedacht habe, anscheinend nicht zufrieden. Ich wollte doch nur den kreativen Prozess in Gang bringen. Aber ich zeichne gern was Neues, wenn ihm das nicht gefällt.«

Ms McCoddle schaut sich die Zeichnung an. Ich bete innerlich, sie möge das Ding ablehnen, aber sie lächelt und hält mir das Blatt hin. »Ich finde den Pinguin wirklich reizend. Meinst du nicht, du könntest damit klarkommen, Derek?«

reizend

*Aber natürlich kann ich mit dem Pinguin klarkommen!*, würde ich am liebsten schreien. Ich komme nur mit UMBERTO nicht klar! Aber dann sage ich stattdessen, dass ich so viele Ideen habe, dass ich unsicher bin, welche ich zuerst verwenden soll. Sie nickt und kehrt wieder an ihr Pult zurück.

»Wusstest du, dass du die Zunge rausstreckst, wenn du dich konzentrierst?«, fragt Umberto. »Hab ich früher auch mal gemacht, als ich zwei war oder so.«

Ich überhöre die Beleidigung und reiche ihm den fertigen Szenenrahmen.

Er schaut ihn eine Weile an. Sosehr ich Umberto auch hasse – ich muss die ganze Zeit denken: *Wie findest du es? Gefällt's dir?* Und ich hasse mich selbst dafür, dass ich so auf seine Zustimmung hoffe.

»Ein Flamingo?«, sagt er schließlich. »Wie sollen wir einen Comic machen über zwei Vögel, die nie im Leben zur gleichen Zeit am selben Ort leben können?«

»Ja, genau das ist der Punkt«, sage ich.

Genau wie bei uns beiden.

Was hast du für'n Problem?
Laut Broschüre sollte das hier mit Meerblick sein!
Das IST Meerblick!
Ja, aber wer will denn ein Eismeer sehen?
Ich hasse Touristen.

# Der Nachsitz-Spion

monoton

Einzelhaft

Während ich bei unserem nächsten monotonen Nachsitz-Termin auf Umberto warte, zeichne ich einen Strip über einen Kriegsgefangenen in Einzelhaft, der außer Käfern und Blättern nichts hat, womit er sich beschäftigen könnte. Ich weiß, ich bin nicht der erste Schüler in der Weltgeschichte, der das sagt, aber Nachsitzen ist echt zum Kotzen.

Als Umberto schließlich an sein Pult heranrollt, wirkt er nicht so gut drauf wie sonst. Bei jedem anderen würde ich fragen, was los ist, aber da es Umberto ist, lasse ich es bleiben.

»Lass uns heute mal kräftig vorankommen«, sage ich. »Ich hab nämlich keine Lust auf eine zweite Woche Nachsitzen.«

»Meinst du ich??«, keift Umberto.

»Was hast du eigentlich für ein Problem?« Ich will zwar nicht, dass er denkt, es würde mich wirklich interessieren, aber neugierig bin ich schon.

Umberto reibt sich das linke Bein. »Hab nur schlecht geschlafen. Ist nicht so schlimm.«

Ich schaue zu, wie er sich das Bein durchknetet, genau wie Mom, wenn sie Brot bäckt. »Hast du Schmerzen?«

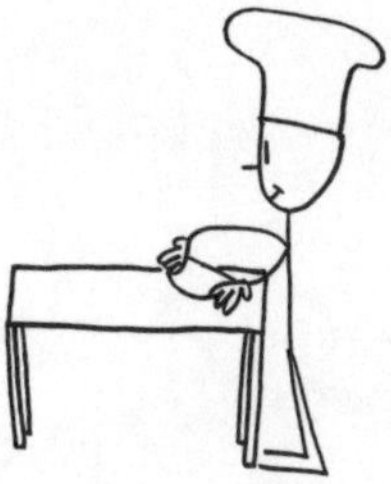
kneten

»Ich hab mich inzwischen dran gewöhnt. Aber die letzte Nacht war's besonders schlimm.« Er nimmt das Blatt von meinem Tisch. »Wenn auch nicht so schlimm wie deine Buchstaben. Hast du das im Bus geschrieben, oder was? Auf einer abschüssigen

Holperstrecke und der Bus hatte keine Stoßdämpfer?«

Ich schnappe mir meine Zeichnung zurück und streiche sie glatt. Einen Augenblick hatte mir Umberto beinahe leidgetan. So viel zum Thema Nettsein.

Dann arbeiten wir beide an unserem Comicstrip – der Geschichte von zwei Vögeln, die nichts gemeinsam haben. Irgendwann kommt Ms McCoddle rüber, um sich anzuschauen, ob wir Fortschritte machen. Sie studiert die Zeichnungen ausführlich und lässt sich viel Zeit, bis sie ihren Kommentar abgibt.

»Irgendwie verstehe ich das Ganze noch nicht so recht«, sagt sie schließlich. »Und der Tonfall erscheint mir ziemlich negativ. Aber ich bin ja nicht der Comiczeichner, sondern ihr. Ich bin sicher, am Ende wird es richtig gut werden.«

Schön, dass sie an unsere Zusammenarbeit glaubt - ich tu es jedenfalls nicht. Ich nutze die Gelegenheit, um zu fragen, ob ich zur Toilette darf.

»Du hast fünf Minuten, dann komme ich nachsehen«, sagt Ms McCoddle.

Die Vorstellung, sie könnte die Tür zum Jungsklo aufreißen, beschleunigt meinen Schritt den Flur hinunter. Aber ich gehe gar nicht zur Toilette, sondern schnurstracks rüber zu Mr Owens' Klassenzimmer, um einen Blick auf Matts Comedy-Gruppe zu werfen.

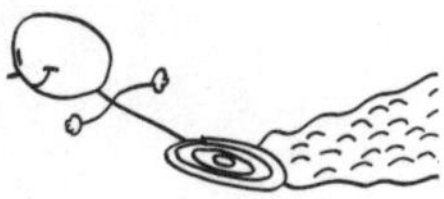

beschleunigen

Ich stelle mich auf die Zehenspitzen und schiele durch das Fenster im oberen Teil der Tür. Zu meiner Bestürzung steht Matt vor der Klasse und lacht. Und die anderen lachen auch. Damit hat meine größte Angst mit einem Schlag Gestalt angenommen: Der Rest der Welt hat Spaß, während ich meine Lebenszeit mit Nachsitzen vergeude.

Bestürzung

Gestalt annehmen

Ich will mich schon auf den Weg zurück zu Ms McCoddle machen, da höre ich plötzlich etwas, was ich erst nicht einordnen kann. Doch dann wird mir klar, da weint jemand! Ich schaue um die Ecke – Carly lehnt, in Tränen aufgelöst, an ihrem Schließfach. Ich blicke zwischen Ms McCoddles Klassenzimmer und Carly hin und her. Pfeif auf die Deadline, ich kann doch jetzt nicht meine beste Freundin im Stich lassen.

»Was ist denn los?«, frage ich sie. »Ist dir was passiert?«

Sie weint nur noch schlimmer, als sie mich sieht. »Crash hat gerade mit mir Schluss gemacht.«

»Was? Aber warum denn?«

Schulterzuckend wischt sie sich mit dem Ärmel über die Augen. »Hab ich ihn auch gefragt, aber er wollte mir nichts sagen.«

Von hinten dringt Ms McCoddles

Stimme zu uns rüber. »Ich hab doch gesagt, ich komme nach dir schauen, Derek.«

»Ja, ich bin gleich da.«

»Ich zähle jetzt bis drei«, sagt sie, als wäre ich ein Kleinkind, das man zum Mittagsschlaf zurück in den Laufstall scheuchen muss.

Laufstall

»Kannst du auf mich warten?«, frage ich Carly. »Ich kann um vier hier raus.«

Sie schüttelt den Kopf. »Ich will nur noch nach Hause.«

»Eins ... zwei ...«

»Ich komme ja schon!« Ich renne zu Ms McCoddle. Hat die nichts Besseres zu tun, als mich jetzt zu stören?

Seufzend setze ich mich wieder an meinen Platz, aber im Moment hab ich für Umberto und den Comicstrip echt keinen Nerv. Ich habe Carly nicht mehr weinen sehen, seit Ginger, der

nieder-
geschlagen

Schul-Igel letztes Jahr gestorben ist – und Carly hatte auf ihn aufpassen müssen. Ich werde das Bild nicht los, wie sie da steht und schluchzt; sie hat so niedergeschlagen ausgesehen.

Ich beschließe, Carly durch die schwere Zeit zu helfen. In Gedanken stelle ich schon mal eine Liste mit allen Sachen auf, mit denen ich sie von Crash ablenken könnte. Und währenddessen wird eine Stimme in meinem Kopf immer lauter. Und lauter.

Carly ist nicht mehr mit Crash zusammen!

Für Carly ist das vielleicht die schlimmste Nachricht der Welt – für mich aber die beste.

# Eine Überraschung von Umberto

Als ich Matt am nächsten Tag nach seiner Gruppe frage, besteht er darauf, dass es ohne mich keinen Spaß gemacht habe.

»Du hättest mal Mr Owens sehen sollen! Er war stinksauer, als ich ihm erklärt habe, dass wir uns nicht mit romantischen Komödien beschäftigen werden. Wahrscheinlich hat er sich seit Wochen drauf vorbereitet. Er hat versucht, seine Tasche mit dem Fuß unter den Tisch zu schieben, aber ich bin sicher, er hatte einen Stapel Kitschfilme dabei.«

Als ich Matt von der Sache mit Carly

kitschig

erzähle, wirkt er kein bisschen überrascht. »Crash ist ein Volltrottel. Der trieft vor lauter Dummheit«, sagt er. »War doch nur eine Frage der Zeit, wann er das Ding gegen die Wand fährt.«

Ich nicke zustimmend, aber insgeheim denke ich: *Carly hat schon eine Beziehung hinter sich, von Anfang bis Ende. Matt und ich haben doch gar keine Ahnung, was sie gerade durchmacht.*

Ich hab ihr gestern Abend gesimst, ob sie zu mir nach Hause kommen will, wenn ich mit dem Nachsitzen durch bin. Sie hat zugesagt, und jetzt hoffe ich deswegen umso mehr, dass Umberto und ich die heutige Session ohne großes Drama hinbekommen.

Ich habe versucht, mich bei Ms McCoddle aus dem Nachsitzen rauszureden, nicht mit Carly als Ausrede, sondern weil ich doch meine Comic-

Gruppe machen müsste. Ich hab alles probiert: dass ich nun mal verantwortlich sei und wir diese Woche massenweise neuen Stoff durchnehmen wollen und so weiter. Sie hat mir bis zum Ende zugehört, dann aber gesagt, der Nachsitz-Termin bleibe bestehen, jemand anders würde meine Gruppe leiten müssen. Ob sie und Mom wohl denselben Wie-bleibt-man-bei-Kindern-konsequent?-Kurs besucht haben?

Als ich zu meinem Pult komme, sehe ich zu meiner Überraschung, dass Umberto sich gerade die Fotos von Bodi und Frank anschaut, die ich in meiner Mappe habe. Ich reiße ihm alles aus der Hand.

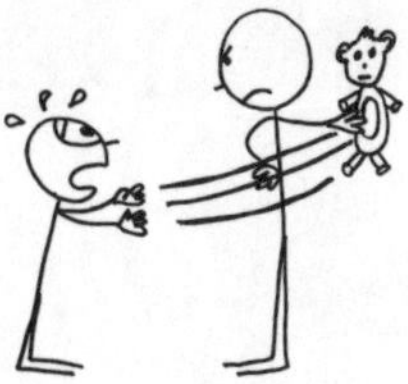

reißen

»Ich wollte doch nur einen Blick auf deine Haustiere werfen. Krieg dich wieder ein.«

»Du hast nicht in meinen Sachen rumzuwühlen!«

»Wenn man ein lebendes Modell hat, ist es bestimmt einfacher, einen Affen zu zeichnen«, sagt er. »Hast du etwa auch eine Babyrobbe zu Hause?«

Genugtuung

So sauer ich auch bin – irgendwie ist die Vorstellung, wie eine Babyrobbe die Eiswürfelrutsche in unserem Kühlschrank runterschliddert, ziemlich komisch, aber ich gönne Umberto nicht die Genugtuung, einen Joke gelandet zu haben. Am meisten überrascht mich allerdings, dass er wirklich über meinen Hund reden will.

Er fragt, welche Rasse Bodi sei, und ich sage, er sei ein Mischling.

»Meiner auch«, sagt Umberto. »Aus dem Tierheim.«

Irgendwie wäre ich nie auf den Gedanken gekommen, dass Umberto einen Hund oder sonst irgendein Tier haben könnte. Er wühlt in der Tasche nach seinem Handy und zeigt mir ein

Foto, auf dem er auf einem Küchenstuhl sitzt und einen kleinen braunen Terrier auf dem Schoß füttert.

»Hunde dürfen keine Essensreste kriegen«, sage ich. »Meine Mutter ist Tierärztin, die bläut das den Leuten jeden Tag ein.«

Umberto zuckt mit den Schultern. »Minnie liebt Menschenessen. Ich schiebe ihm ständig heimlich was zu.«

»Du hast einen Rüden, der Minnie heißt?« Das ist der blödeste Name, den ich je gehört habe, und nach all den Jahren in der Tierarztpraxis meiner Mutter will das echt was heißen.

»Ich weiß ... Den Namen hat er von meiner Großmutter gekriegt. Aber er ist ein toller Hund. Mit ihm Gassi zu gehen ist jedes Mal der Höhepunkt meines Tages.«

Logistik

Es käme mir unangebracht vor, Umberto nach der Logistik seiner Gassiausflüge zu fragen, wie er das mit dem Rollstuhl macht und so. Sitzt der Hund bei ihm auf dem Schoß, läuft er nebenher, zieht er Umberto an der Leine hinter sich her? Nach einer Weile schaue ich auf die Uhr – es sind schon zwanzig Minuten vergangen und wir haben noch keinen Strich gezeichnet. Mir fällt ein, dass Carly nachher zu mir kommt, also nehme ich hastig Stift und Block in die Hand.

»Vielleicht hätten wir doch keinen Pinguin und Flamingo nehmen sollen«, sage ich. »Wollen wir vielleicht neu anfangen, mit Hunden? Könnte leichter sein.«

Umberto schüttelt den Kopf. »Ich versuche eigentlich immer, einen Comic möglichst zu Ende zu machen, auch wenn es noch so schwierig ist.«

Seine Arbeitsmoral beschämt mich geradezu. Ich wäre ratzfatz bereit gewesen, unsere neuen Figuren ihrem Schicksal zu überlassen. Aber dann

seinem Schicksal überlassen

wird mir klar, dass das Dranbleiben vermutlich viel einfacher ist, wenn man mit einem Plagiat angefangen hat! Ich nehme mir ein frisches Blatt Papier und konzentriere mich auf einen neuen Szenenrahmen.

Nach einigen Minuten schiebe ich Umberto das Blatt zu. Der Pinguin rutscht einen schneebedeckten Abhang runter und landet mit einer Arschbombe im Wasser. Der Flamingo steht auf einem Bein am Ufer, einen Polarfuchs wie einen Pelzkragen um den Hals geschlungen. Es ist mir peinlich, aber ich will will will unbedingt, dass Umberto die Zeichnung gefällt.

»Echt witzig«, sagt er. »Aber würde der Polarfuchs den Flamingo nicht auffressen?«

»Im echten Leben schon. Aber das ist ein Comic.« Muss ich ihm jetzt erklären, dass im echten Leben Kojoten auch nicht nach Waffen verlangen, um einen Kuckuck zu erlegen? Also ehrlich!

»Wenn wir schon zoologische Gesetze missachten«, setzt Umberto an, »wieso verlegen wir den Flamingo nicht gleich in die Antarktis?«

»Weil es dann nicht mehr witzig wäre«, antworte ich.

»Ach, weil es ja jetzt sooooo komisch ist«, sagt er sarkastisch.

Ich reiße ihm die Zeichnung aus der Hand und frage ihn, was ER sich inzwischen hat einfallen lassen. Er zeigt mir drei Rahmen, die mit solcher Präzision gezeichnet sind, dass es mir schier die Neidtränen in die Augen treibt. In der Welt seiner perfekten Bilder schauen der Pinguin und der Flamingo im Iglu zusammen fern.

Präzision

»Ich versteh den Witz nicht.«

Umberto rutscht in seinem Rollstuhl hin und her, als täten ihm plötzlich wieder die Beine weh. »Sie halten sich drinnen auf, weil es draußen so kalt ist.«

»Ja, aber sie sind doch in einem Iglu. Das besteht aus Eis.«

»Ja, und das ist genau der Witz! Wie soll man sich in einem Iglu warm und kuschelig fühlen?«

Wir starren einander stumm an. Keiner ist bereit, auch nur einen Millimeter nachzugeben.

»Aber wie findest du meine Rahmen?«, fragt Umberto schließlich. »Und die Schrift?«

sich weigern

Ich zucke mit den Schultern. Weigere mich, ihm auch nur diese kleine Genugtuung zu gönnen.

So wie's aussieht, steht uns noch verdammt viel Nachsitzen bevor.

# Abhängen mit Carly

Um genau halb fünf klopft Carly an die Hintertür. Sie ist so zuverlässig, dass es fast schon erschreckend ist.

»Ohne dich ist die Comic-Gruppe total außer Rand und Band geraten«, erzählt sie. »Die Zwillinge haben alle Pulte im Raum umgeschmissen, und als Susan versucht hat, Ms Ramirez die Schminke aus der Tasche zu klauen und den Hofnarr zu spielen, gab es ein Riesengeschrei.«

Hofnarr

»WAS??«

»Beruhige dich, war nur ein Witz. Matt und ich haben das Ding zusammen gerockt. War total entspannt.«

»Schön zu sehen, dass du wieder die Alte bist.«

Aber als sie lächelt, schwingt in ihrem Blick ein Funken der gestrigen Traurigkeit mit.

Meine Mutter freut sich, dass Carly zum Abendessen bleibt. Eigentlich sind Carly und ich deswegen erst Freunde geworden, weil unsere Mütter befreundet sind. Mom umarmt Carly, was irgendwie peinlich ist, aber irgendwie auch okay.

Als Erstes beschließen wir, mit Bodi in den Hundepark zu gehen. Mom fragt, ob wir auch Snickers mitnehmen können, und als Carly sieht, wie niedlich der Kleine ist, sagt sie noch lieber Ja.

Normalerweise ist der Weg zum Hundepark – der sieben Straßen weiter ist – ein echt hübscher Spaziergang, aber heute gehen unterwegs aus irgendeinem Grund gleich drei

Spaziergang

Auto-Alarmanlagen los, sodass wir das Gefühl haben, in einen Fliegerangriff geraten zu sein. Ich erzähle Carly, dass ich Ms McCoddles Idee, Umberto und mich zum Zweck eines Comicstrips zusammenzuspannen, für die blödeste Idee in der Geschichte der blöden Ideen halte. Nicht nur, dass unser Comic zum Kotzen ist – unsere Beziehung zueinander (falls man den Begriff verwenden darf) ist genauso aggressionsgeladen wie immer. (Dass Umbertos Rahmen und Schrift der Hammer sind, vergesse ich zu erwähnen.)

Aggression

Während ich rede, wird mir klar, dass Carly jetzt bestimmt auch gleich über Crash wird reden wollen. Und so selbstmörderisch sich das vielleicht anhört, das ist genau einer der Gründe, warum ich sie zu mir eingeladen habe. Als sie tatsächlich zu erzählen anfängt, wie schwer es für sie ist, Crash jetzt auf dem Flur zu begegnen und so, nicke ich höflich und versuche ihr ein bestmöglicher Freund zu sein.

Am Hundepark mache ich langsam das Tor auf und vergewissere mich, dass keine riesigen oder fies aussehenden Hunde da sind, die Snickers oder Bodi angreifen könnten. Als wir die beiden von der Leine lassen, rennt Bodi ausgelassen hinter dem Welpen her. Carly ist wahrscheinlich das einzige Mädchen, das ich kenne, dem es nicht peinlich ist, in Gegenwart eines Klassenkameraden Hundekacke mit einer Tüte aufzuheben. Klingt vielleicht nicht nach Mega-Lob, aber für mich ist das ein Riesenlob. Vielleicht kann ich sie ja überreden, mir auch bei Franks täglicher Pflege zu helfen.

ausgelassen

Lob

Wir setzen uns auf eine Bank und ahmen eine Frau nach, die auf der anderen Parkseite mit ihrem Collie redet. Carly und ich lachen uns einen Ast, als wir vergeblich versuchen, den starken schottischen Akzent der Frau zu kopieren.

kopieren

Mr Danson ist mit seinem Windhund da, aber der arme Bodi kann heute kaum mit Murphy mithalten. Er jagt eine Runde hinter ihm her, dann legt er sich unter die Bank, auf der wir sitzen.

hibbelig

Beim Abendessen ist Carly total hibbelig und erzählt meinen Eltern von der Arbeit ihrer Mutter und wie ein lästiger Maulwurf eine ihrer Kundinnen terrorisiert. Ich habe wie immer Mühe, auf meine Manieren zu achten. Carly hingegen schluckt immer erst, bevor sie etwas sagt, und legt die Gabel zwischen zwei Bissen immer weg. Sie scheint gut zugehört zu haben, als ihre Eltern ihr Tisch-Etikette beigebracht haben.

Etikette

Carly wird schon als kleines Mädchen wohl kaum so drauf gewesen sein, Frank in Puppenkleider zu stecken und mit ihm Affen-Teeparty spielen zu wollen. Deswegen überrascht es mich auch nicht, dass sie nach dem Abendessen sofort einwilligt, mir bei Franks Ausbildung zu helfen. Ich zeige ihr einen Ausschnitt aus der Trainings-DVD, dann holen wir Frank aus seinem Käfig.

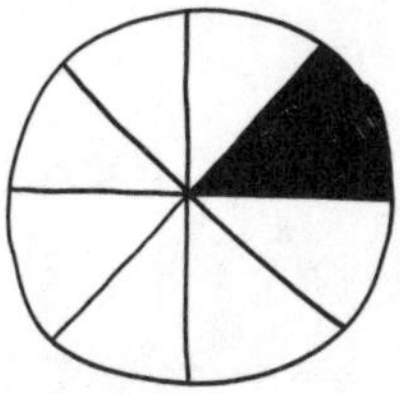

Ausschnitt

Ich zeige Carly, wie Frank eine DVD-Hülle aufmachen kann. Dann belohne ich ihn mit ganz viel Lob, genau wie die Trainer in dem Video das machen.

»Wollen wir ihm beibringen, etwas Runtergefallenes aufzuheben?«, schlägt Carly vor. »Die Fernbedienung oder so.«

Die nächste Stunde setzen wir uns also abwechselnd auf einen Küchenstuhl und lassen die Fernbedienung für den Fernseher fallen und versuchen Frank dazu zu bringen, sie wieder aufzuheben. Ein paar Mal fliegen die Batterien raus, als die Fernbedienung am Boden landet, und es sieht nicht so aus, als fänden Bodi und Frank das Geschepper wirklich schön. Also verlegen wir die ganze Aktion ins Wohnzimmer, um die Fernbedienung und die geistige Gesundheit meiner Haustiere abzusichern. Carly fragt nach einem Zettel und hält dann all unsere Ergebnisse akribisch fest – das hab ich noch bei keiner Trainingsstunde gemacht. Noch eine Bestätigung dafür, dass Carly das schlaueste Mädchen ist, das ich kenne.

absichern

akribisch

Beim dreiundvierzigsten Fallenlassen nimmt Frank die Fernbedienung zaghaft in die Hand und gibt sie mir zurück. Carly und ich jubeln angesichts des Durchbruchs und loben ihn über den grünen Klee, als hätte er olympisches Gold gewonnen.

zaghaft

Als Carly und ich uns zur Feier des Tages einen kleinen Snack aus Birnen und Limo gönnen, muss ich daran denken, wie Matt und ich vor ein paar Monaten richtig übel Streit hatten. Da ist Carly auch rübergekommen, um mich davon abzulenken, dass ich mich im Krieg gegen meinen besten Freund befand. Ihre Freundschaft hat mir echt geholfen, und bei dem ganzen Spaß, den wir heute hatten, kann ich nur hoffen, dass ihr meine Bemühungen im Gegenzug auch geholfen haben.

»Das war toll«, sagt Carly, als sie von ihrer Mutter abgeholt wird. »Kann ich mal wieder vorbeikommen und dir bei Franks Ausbildung helfen?«

Klar, sage ich. Lustigerweise haben wir die ganze Zeit weder über Crash noch über Umberto gesprochen. Wahrscheinlich hatten wir deswegen so viel Spaß. Manchmal ist es vielleicht doch nicht so verkehrt, ein Weilchen den Kopf in den Sand zu stecken.

# Pause für mein armes Hirn

Am Samstag versuche ich nicht an das bevorstehende Nachsitzen zu denken und lade stattdessen Matt zu mir ein, damit er mir hilft, in der Garage nach altem Zeug zu suchen, das wir längst vergessen haben, mit dem man aber noch super spielen kann. Unsere Garage ist so vollgestopft mit Kram, dass noch nie ein Auto da drin Platz hatte.

Mom ist zum Mittagessen mit einer Freundin verabredet, und Dad arbeitet mit Hochdruck, weil ihm ein Abgabetermin im Nacken sitzt. Und so kann uns niemand daran hindern, Franks

Käfig in die Garage mitzunehmen. Ich nehme auch Bodis Körbchen mit, damit er uns ebenfalls Gesellschaft leisten kann.

unerträglich

»Du musst dringend den Comic mit Umberto zu Ende machen. Zwei ganze Wochen Nachsitzen wären unerträglich.« Matt nimmt einen kaputten Unkraut-Häcksler in die Hand, den wir vielleicht auseinandernehmen könnten, um was Neues daraus zu bauen.

»Keine Sorge, wenn's sein muss, zeichne ich das Ding ganz alleine fertig.«

»Das wäre aber dann nicht unbedingt die Sorte Zusammenarbeit, die Ms McCoddle sich vorgestellt hat.«

Matt ist kaum zu verstehen, weil er sich inzwischen die monstermäßige Frankenstein-Maske übergezogen hat, die mein Vater mal an Halloween aufhatte, als ich noch klein war.

»Wozu hebt meine Mutter den ganzen Plunder eigentlich noch auf?« Ich zeige auf einen Turm aus Pappkartons, die in einer Ecke hochgestapelt sind.

»Wir könnten uns mal wieder einen Roboter basteln«, schlägt Matt vor.

»Weiß nicht. Beim letzten Mal haben wir Dads Fahrrad mit der silbernen Farbe eingesaut, weißt du noch?«

»Aber das war doch total unauffällig. Ich glaub nicht, dass er was bemerkt hat.«

Ich halte einen festen Karton hoch, in dem wahrscheinlich mal ein Paar Schuhe von Dad drin war. »Oder wir könnten mal wieder eine unserer legendären Zaubershows auf die Beine stellen.«

legendär

Matt lässt den Gartenschlauch fallen, den er in der Hand hatte. »Du meinst, wir sollen den Großen Mattini wiederauferstehen lassen?«

»Und den Unglaublichen Derek?«

flitzen

Wir flitzen in den hinteren Teil

der Garage, wo Mom zwei Plastikrollen mit Stoffen aufbewahrt, die sie nie verwendet. Vermutlich hofft sie tief in ihrem Inneren, irgendwann mal genug Zeit zum Nähen zu haben – in Wirklichkeit hat sie kaum fünf Minuten, um auch nur einen abgefallenen Knopf anzunähen, geschweige denn ein neues Outfit zu schneidern. Wenn sie wüsste, wie oft Matt und ich schon ihre Stoffe als Fallschirme, Umhänge oder Hundedecken benutzt haben, wäre sie garantiert nicht begeistert.

Matt sucht sich ein großes Stück seidigen lila Stoff raus, ich ein schwarzes mit grünen Sprenkeln. Die werfen wir uns wie Zauberer-Umhänge über. Ich hasse es, wenn Leute ihre Hunde in Regenmäntelchen und Tutus stecken, aber in dem Fall möchte ich, dass Bodi den Spaß auch mitmacht. Ich wühle in den Stoffen herum, bis ich ein kleines Stück Glitzerstoff finde, das ich ihm umbinden kann; dann laufe ich ins Haus, um ein paar Sicherheitsnadeln zu holen. Als ich zurückkomme, hat sich Matt einen gestreiften Turban um den Kopf gewickelt und reicht mir ein Stück Paisley-Stoff, damit ich mir auch so ein Ding basteln kann.

Paisley-Muster

»Frank sieht aus, als würde er sich ausgegrenzt fühlen«, sagt Matt.

»Quatsch! Der ist doch die Hauptattraktion.« Ich treibe eine Schere auf und schneide ein paar Löcher in einen Schuhkarton.

Matt erkennt sofort, worauf ich hinauswill, und sieht sich nach weiteren Requisiten um. Am Ende holt er ein paar unechte Spinnweben und eine Laterne, die wir mal beim Campen benutzt haben. Wir räumen den Tisch leer, der mitten in der Garage steht, und decken ein Stück tiefblauen Stoff darüber. Dann drapieren wir die Spinnweben darauf und knipsen das Licht aus, damit das Ganze richtig effektvoll wird.

»Moment noch!« Ich renne ins Haus, hole einen alten CD-Player und lege eine zerkratzte CD mit gruseligen Geräuschen auf, die Mom früher auf der Veranda abgespielt hat, wenn die Kinder an Halloween zu uns gekommen sind, um ›Süßes oder Saures‹ zu spielen.

übersinnlich

»Nach einem Spukhaus soll das aber nicht aussehen«, sagt Matt. »Wir sind doch Zauberer.«

»Zauberer mit übersinnlichen Kräften«, verbessere ich ihn.

Ich lasse Frank aus seinem Käfig raus und lege ihn vorsichtig in den großen Schuhkarton.

kreischen

»Meinst du, er kreischt, wenn du seinen Kopf durch das große Loch ziehst?«, fragt Matt.

»Wenn ich es richtig mache, nicht. Ich hoffe, er hält das Ding für ein kuscheliges Bett oder so.« Ich schiebe Franks Kopf sachte durch das Loch, dann ziehe ich seine Beine durch die Öffnung auf der anderen Seite. Ich mache alles so vorsichtig, dass Frank sich kein bisschen wehrt.

sachte

Dann decke ich das Tuch wieder darüber. Jetzt sieht Frank wie der perfekte Zauberer-Assistent aus, der in einer Zauberkiste liegt. Matt macht ein Foto mit seinem Handy. Ich gehe zur Werkbank, die hinten in der Garage steht, und hole Dads alte Säge.

»Nur um sicher zu sein, dass wir uns auch richtig verstehen«, sagt Matt. »Wir TUN nur so, als würden wir ihn in der Mitte durchsägen, ja?«

»Nein, wir werden ihn wirklich durchsägen«, sage ich. »Mann, wieso fragst du mich das überhaupt? Hältst du mich für bekloppt?«

Wir machen mit Matts Handy ein

Foto von uns. Ich halte Frank-in-der-Kiste hoch, Matt setzt Bodi auf den Tisch. Als wir uns das Foto anschauen, sehen wir die verrutschten Turbane, also rücken wir alles erst mal wieder zurecht, bevor wir mit der Show beginnen.

»Sehr verehrte Damen und Herren!«, sagt Matt. »Ich bin der Große Mattini, und der schicke junge Mann an meiner Seite ist der Unglaubliche Derek.«

Ich verneige mich tief und halte Frank dabei weiter fest, damit er nicht abhauen kann. Matt fuchtelt mit der Säge durch die Luft.

unfassbar

»Der Unglaubliche Derek wird Ihnen jetzt ein unfassbares Zauberkunststück präsentieren: Er wird diesen lebenden Affen in zwei Hälften zersägen!«

Mir fällt auf, dass wir Frank vielleicht lieber vor den Augen des (unsichtbaren) Publikums in die Schachtel hätten stecken sollen, damit die Leute wissen, dass es kein billiger Trick ist. Ich nehme Frank also noch mal raus und stecke ihn wieder rein und verbeuge mich dann ein zweites Mal.

Trick

Mir scheint, Bodi will auch etwas beitragen, also stülpe ich ihm einen alten Partyhut über den Kopf. Matt hält feierlich die Säge in die Luft und biegt sie zu beiden Seiten leicht durch.

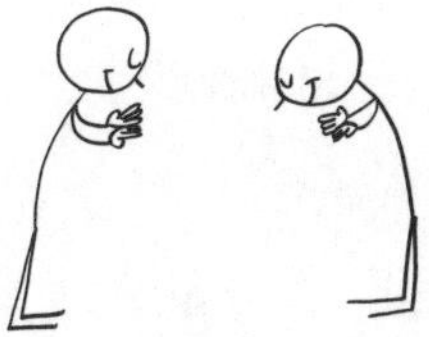
feierlich

»Und nun«, verkündet er, »wird der Unglaubliche Derek vor Ihren Augen mit seinem todesverachtenden Kunststück beginnen.«

Aber als ich die Säge über den Schuhkarton hebe, sehe ich plötzlich meine Eltern, die auf der Auffahrt stehen und mir direkt ins Gesicht schauen. Mom hat eine Restetüte von ihrem Lieblingslokal in der Hand – und sie wirkt alles andere als glücklich. Mein Vater dagegen hat sich eine Hand vor den Mund geschlagen und sieht aus, als würde er verzweifelt versuchen, nicht zu lachen.

schaurig

Wortlos kommt Mom angestapft und befreit Frank aus dem Karton. Die CD ist hängen geblieben, ausgerechnet bei einem schaurigen Geräusch, das einem das Blut in den Adern gefrieren lässt.

kleinlaut

»Ähm ... wir wollten ihn nicht wirklich zersägen«, sage ich kleinlaut.

Mom nimmt Bodi das Partyhütchen ab und öffnet die Sicherheitsnadel, sodass sein Glitzer-Outfit zu Boden rutscht. Matt und ich ziehen unsere Kostüme aus. Dann streckt sie die Hand nach den Stoffen aus und wir reichen sie ihr ohne Widerspruch. Dad wirft mir einen Blick zu, der besagt: Denk gar nicht dran, jetzt ein Wort zu sagen. Und ich bin ausnahmsweise mal so schlau, seinen Rat zu befolgen. Die CD jault und jault immer weiter, bis ich auf den STOP-Knopf drücke.

Von allen Ich-bin-sauer-Varianten, die Mom drauf hat, ist die stumme Ich-bin-sauer-Variante mit Abstand die schlimmste. Ohne ein Wort steckt Mom Frank in seinen Käfig und trägt ihn ins Haus. Mein Vater – der auch schlau genug ist, sich nicht mit ihr anzulegen, wenn sie in so einer Stimmung ist – bringt Bodi ebenfalls hinein.

Varianten

»Ich lass dich jetzt nur ungern allein …«, setzt Matt an.

»Machst du Witze? Ich wünschte, ich könnte auch verschwinden. Jetzt hau schon ab und dreh dich bloß nicht mehr um.«

Das lässt sich Matt nicht zweimal sagen. Er springt auf sein Skateboard und macht sich auf den Heimweg.

Als ich ins Haus gehe, untersucht

Mom gerade unseren Affen, um sicherzugehen, dass es ihm gut geht. Dann guckt sie in seine Windel und übergibt ihn mir.

Total erleichtert gehe ich in die Praxis rüber. Alles, wirklich alles ist besser als Moms Strafschweigen – sogar eine vollgekackte Affenwindel zu wechseln.

Ich fürchte, das wird ein verdammt langer Samstag.

# NEIN!

Carly geht sonntags immer noch mit Heinz surfen, sodass sie Crash weiterhin sehen muss, ob es ihr passt oder nicht. Nach dem gestrigen Debakel mit der Zaubershow fällt es mir schwer, meine Eltern um Geld für eine weitere Surfstunde anzubetteln. Nicht dass ich so scharf auf Wellenreiten wäre, aber ich will mich vergewissern, dass es Carly gut geht.

nachtragend

Und eins muss man Mom lassen, sie ist nicht nachtragend. Ich bin ihr zutiefst dankbar, als sie mir das Geld gibt, ohne mir eine Standpauke zu halten. Und dann setzt sie sogar noch

Dankbarkeit

einen drauf und fährt uns nach Santa Monica.

Diesmal falle ich nicht ganz so oft vom Brett und schaffe es tatsächlich, ein paar Wellen bis ganz zum Strand zu reiten. Wie sich herausstellt, ist Crash gar nicht da. Wer weiß, vielleicht ist es ihm genauso unangenehm, Carly zu sehen.

Hinterher frage ich Carly, ob sie mit zu mir kommen möchte, aber ich glaube, diese ständige Sorge, Crash zu begegnen, hat sie ziemlich fertiggemacht, sie will nur noch nach Hause. Als wir wieder zurück sind, wechsle ich Frank die Windel und arbeite weiter mit ihm daran, die Fernbedienung aufzuheben. Langsam kriegt er den Dreh raus, genau wie ich mit meinen Comics – wir müssen immer und immer wieder üben, dann klappt's irgendwann.

Bodi kriegt auch seinen Teil von meiner Zeit ab. Er wedelt den ganzen Weg zum Hundepark vor Vorfreude. Mr Danson und Murphy sind zwar nicht da, dafür aber zwei Labradore, die hinter einem matschigen Tennisball her hetzen, und Bodi schließt sich munter an. Mir geht's auch richtig gut – bis ich sehe, wie jemand sich von der anderen Seite des Parks nähert. Jemand in einem Rollstuhl. Ich sage nichts, hoffe nur, dass das eine blöde Fata Morgana von Umberto ist, die sich bald wieder von allein auflöst.

auflösen

»Was machst du denn hier?«, frage ich Umberto, als wir uns in der Mitte begegnen. Will dieser Typ jetzt etwa auch noch meine Wochenenden ruinieren?

Umberto manövriert seinen Rollstuhl über die mit Mulch und Rindenschnipsel bedeckten Wege. »Meine Tante wohnt da die Straße runter. Ich dachte, ich lasse Minnie mal eine

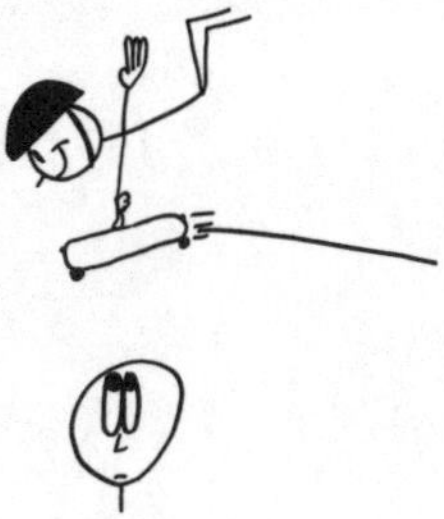

manövrieren

Runde laufen, während wir hier zu Besuch sind.« Er zeigt auf einen kleinen braunen Terrier, der hinter zwei Boxern herrennt. Minnie sieht süß aus, muss ich zugeben. Zu Umberto sage ich das natürlich nicht.

»Ist das dein Hund?«, fragt er. »Ich hab ihn vom Foto erkannt.«

Er deutet auf Bodi, der gerade am Hinterteil einer Dänischen Dogge schnüffelt. Ich bin dankbar, dass Umberto das, was mein Hund für Spaß hält, nicht wieder in einen fiesen Witz verwandelt.

»Hey, wir müssen den Comic für Ms McCoddle bis morgen fertig kriegen, sonst steht uns noch mehr Nachsitzen bevor«, sagt Umberto. »Und da hab ich echt keine Lust drauf.«

»Meinst du, ich?« Mein Sarkasmus geht an Umberto vorbei, der sich langsam Richtung Bodi in Bewegung setzt.

»Stimmt mit deinem Hund was nicht?«

Ich wirbele herum - Bodi liegt auf der anderen Seite des Parks am Boden. Als ich zu ihm renne, denken die zwei Labradore, ich will spielen, und jagen hinter mir her. Bodi atmet ganz schwer und bewegt die Beine, als würde er laufen, und das macht mir mehr Angst, als wenn er einfach nur ruhig daliegen würde. Ich schaue mich Hilfe suchend um, aber außer Umberto ist da nur noch eine Frau mit Headset, die in ihr Handy quatscht und ihren Labradoren den Ball zuwirft. Ich muss Bodi in Moms Praxis bringen. Schnell.

Ich hebe Bodi hoch und laufe zum Tor. Das Ding besteht aus zwei Türen hintereinander, mit einer Verriegelung dran, damit die Hunde nicht allein rausrennen können. Wie soll ich das Teil denn jetzt aufmachen? Aber

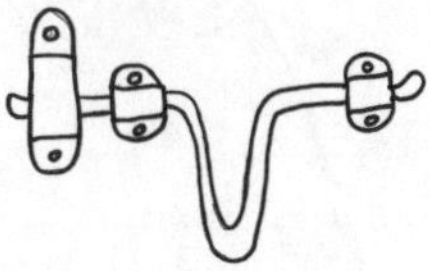

verriegelt

zu meiner Überraschung ist Umberto schon da, Minnie auf dem Schoß. Allerdings ist das Schloss so hoch, dass er nicht drankommt.

»Hey, Sie da!«, ruft Umberto der Frau mit dem Handy zu. »Wir brauchen Hilfe!«

Sie sieht Umberto mit seinem Rollstuhl und mich mit Bodi auf dem Arm, und eilt herbei, um mir das schwere Tor aufzumachen. Ich schaue auf meinen Hund runter und frage mich, was er bloß haben könnte. Ich bin kein Tierarzt, aber ich vermute, er könnte eine Art Krampfanfall haben oder so was. Ich würde die Frau gern fragen, ob sie uns nach Hause fahren kann, aber ich kenne sie nicht, und sie ist sowieso wieder in ihr Telefonat vertieft. Ich laufe, so schnell ich kann, aber mit einem Dreißig-Kilo-Hund auf dem Arm ist das einfach nicht schnell genug.

vertieft sein

»Lass uns zu meiner Tante gehen«, sagt Umberto. »Die wohnt gleich da drüben.«

»Meine Mutter ist Tierärztin«, sage ich. »Ich gehe lieber nach Hause.«

Umberto nickt und schiebt Minnie ein Stück zur Seite. »Leg mir deinen Hund auf den Schoß«, sagt er.

»Wovon redest du?«

»Ich weiß nicht, wie weit weg du wohnst, aber du bist eindeutig schneller, wenn du rennen kannst. Gib mir den Hund. Los!«

Er streckt mir seine behandschuhten Hände entgegen. Und dies ist nicht der richtige Zeitpunkt, um sein Vorhaben zu hinterfragen. Ich kann jetzt nur daran denken, dass ich Bodi retten muss. Also lege ich meinen geliebten Hund auf Umbertos Schoß und greife dann nach den Griffen an seinem Rollstuhl.

Vorhaben

»Lauf!«, ruft Umberto. »So schnell

du kannst. Mach dir um mich keine Gedanken.«

Ich sage ihm nicht, dass nicht er derjenige ist, um den ich mir Gedanken mache. Ich renne die sieben Straßen so schnell wie möglich lang. Die meisten Bürgersteige sind ziemlich löchrig und nicht gerade rollstuhlgeeignet, also müssen wir auf der Straße laufen. Immer wieder schaue ich zu Bodi runter. Er liegt jetzt bewegungslos auf Umbertos Schoß. Ich kann nur hoffen, dass er noch atmet.

»Laster von links!«, schreit Umberto.

Ich schlingere mit dem Rollstuhl nach rechts, eine abgesenkte Bordsteinkante hoch – na endlich gibt's mal eine! –, die zu meiner Straße führt.

schlingern

Noch drei Blocks, dann sind wir da. Ich bete innerlich, dass Mom zu Hause sein möge. Ich schiebe den Rollstuhl die steile Auffahrt hoch – toll zum

Skateboard-Runterrasen, nicht so toll zum Rollstuhl-Hochhieven – und komme vor der Hintertür schlitternd zum Stehen. Dann lasse ich Bodi kurzzeitig bei Umberto zurück und eile in die Küche.

kurzzeitig

»Mom!«, schreie ich. »Mit Bodi ist was!«

Sie ist da! Sie schnappt sich die Brille vom Tresen und rennt mit mir nach draußen. Nach einem kurzen Nicken zu Umberto nimmt sie vorsichtig Bodi auf den Arm. Als ich ihr in die Praxis auf der anderen Seite der Auffahrt folge, sehe ich aus dem Augenwinkel, dass Umberto immer noch mit seinem Rollstuhl vor der Küchentür sitzt.

Ich eile zu ihm und ziehe ihn samt Rollstuhl rückwärts die drei Stufen zur Tierarztpraxis hoch. Hoffentlich kommen wir nicht zu spät. Hoffentlich.

# Bitte werde wieder gesund!

Untersuchung

Mom untersucht Bodi gründlich und ohne ein Wort zu sagen. Mir liegen eine Million Fragen auf der Zunge, aber ich weiß, dass ich sie nicht stören darf, während sie den Hund von oben bis unten durchcheckt.

Umberto sieht staunend zu, wie meine Mutter Bodis Zunge und Augen untersucht.

»Sieht so aus, als hätte er einen Schlaganfall gehabt«, sagt sie schließlich. »Aber es ist noch zu früh, um sagen zu können, ob er bleibende Schäden davonträgt.«

Sie beugt sich über Bodi und streichelt ihn liebevoll. Das tut sie nicht nur, weil er unser Hund ist – ich hab schon oft gesehen, dass sie das auch bei allen anderen Tieren macht.

»Wird er wieder gesund?«, fragt Umberto.

»Wir müssen ihn im Auge behalten«, antwortet Mom. »Aber ich hoffe es, ja.«

Mir fällt auf, dass ich die beiden wegen der ganzen Aufregung noch gar nicht einander vorgestellt habe. Aber Moms Gesichtsausdruck nach zu urteilen ist ihr mit Blick auf den Rollstuhl gerade aufgegangen, dass Umberto derjenige sein muss, der mir das Leben zur Hölle macht. Im Moment sagt sie, liebenswürdig, wie sie ist, natürlich nichts darüber, aber ich weiß, sobald Umberto weg ist, wird sie mich mit Fragen löchern.

liebenswürdig

»Manchmal erleiden Tiere nach so einem Anfall einen Schock«, erklärt sie. »Gut, dass ihr ihn so schnell hierher gebracht habt.«

Ich erzähle ihr, dass wir das nur Umbertos Nettigkeit und seinem Rollstuhl zu verdanken haben.

»Im Rollstuhl zu sitzen hat nur wenige Vorteile. Aber dass man damit superschnell ist, gehört eben dazu«, sagt Umberto lächelnd.

Bodi scheint es besser zu gehen, er liegt ruhig auf dem Teppich. Ich warte, bis Mom das Zimmer verlassen hat, dann frage ich Umberto, warum er mir geholfen hat.

Er schaut mich an, als wäre ich bekloppt, so eine Frage zu stellen. »Meinst du, ich sitz da und schaue zu, wie ein Hund stirbt? Hältst du mich für ein pestiges Charakterschwein, oder was?«

Ich beschließe, lieber nicht zu antworten. Nach ein paar Minuten fängt Umberto plötzlich zu lachen an.

pestig

»Okay, vielleicht hab ich mich wirklich das eine oder andere Mal wie ein Charakterschwein verhalten. Aber weggucken, wenn ein Tier leidet, das könnte ich nicht.«

Mom kommt rein und reicht uns je eine Flasche Wasser und eine Tüte Schokomandeln aus der Praxis-Küche. Auf dem Weg zurück ins Haus steckt sie Minnie einen Hundekeks zu. Für Minnie ist es natürlich ein Megaerlebnis, im Wartezimmer herumlaufen und die ganzen Tiergerüche erschnüffeln zu dürfen. Ich streichle ihn eine Weile, damit er keine Angst vor der Praxis bekommt.

Bei all dem Schrecken und Chaos dieses Tages liegt mir doch noch eine Sache im Magen. Ich nehme einen großen Schluck Wasser, bevor ich die Frage stelle, die mir seit Monaten im Kopf herumspukt. »Wieso bist du eigentlich so fies zu mir?«

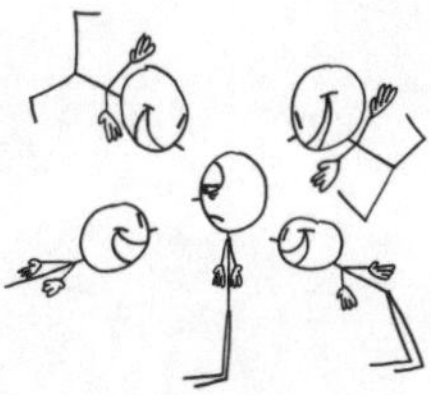

Chaos

Umberto zuckt mit den Schultern, was mich sofort wieder aggressiv macht. Als wäre dieser Nachmittag nie gewesen! »Nimm's nicht persönlich«, sagt er.

»Das fällt mir ziemlich schwer. Du scheinst es dir zur Lebensaufgabe gemacht zu haben, mich zu mobben.«

»Du fühlst dich von mir gemobbt? Echt?« Umberto wirkt ehrlich überrascht.

»Klar, oder wie würdest du das nennen, was du da machst?«

»Hm, du könntest schon recht haben. Es tut mir leid. Ehrlich.« Seine Stimme klingt wirklich schuldbewusst.

Ich warte, dass er noch mehr sagt, und nach ein paar Sekunden tut er das auch. »Es ist mir peinlich, das zu erzählen, aber an meiner alten Schule musste ich einiges über mich ergehen lassen. Ich hatte echt nicht vor, mich hier selber in so einen Idioten zu verwandeln, der andere terrorisiert.«

»Aber genau das hast du gemacht.«

Er nickt zustimmend. »Vielleicht weil ich einfach neu war und in Sachen Freundschaften von Null anfangen musste.«

Ich versuche nachzuvollziehen, was er sagt, aber es fällt mir schwer. »Aber wenn du Freundschaften schließen wolltest, wäre es nicht viel einfacher gewesen, NETT zu sein?«

Umberto schaut mich an, dann bricht er in Gelächter aus. »Ich glaube, ich gehe selten den einfachen Weg. Warum einfach, wenn's auch kompliziert geht?«

»Aber echt.« Ich fange auch an zu lachen. »Immerhin haben wir einiges gemeinsam. Das Zeichnen. Und die Comics.«

Wir futtern die Schokomandeln auf

und gehen dann wieder raus. Ich trage Bodi auf dem Arm und stoße die Tür mit der Hüfte auf. Kaum sind wir draußen, tauchen meine Eltern plötzlich auf, als hätten sie nur drauf gewartet, sich auf uns stürzen zu können.

sich auf jemanden stürzen

Ich stelle Dad Umberto vor. Sie geben sich die Hand, dann geht Dad hinter den Rollstuhl und hilft Umberto die Treppen runter. Minnie tapst munter hinterher.

»Tut mir leid, dass wir hier keine Rampe haben«, entschuldigt sich mein Vater.

Renovierung

Mom erklärt, dass sie seit Langem auf eine Renovierung spart, und deutet auf die Seite des Hauses, wo mal eine Rollstuhlrampe zu ihrer Praxis führen soll. Sie ist nett, aber nicht übertrieben nett, und ich weiß, das liegt daran, dass Umberto mich bisher so gemein behandelt hat. Aber jetzt habe ich es Umberto zu verdanken, dass mein Hund noch lebt, und deswegen bin ich bereit, ihm alles zu verzeihen.

Dad zieht Umberto mit seinem Rollstuhl die Stufen zu unserer Küche hoch, ich trage Bodi. Umbertos Gesicht hellt sich auf, als er meinen Affen erblickt. »Der leibhaftige Super-Frank!«

Ich hole Frank aus seinem Käfig und halte ihn sanft Umberto hin. Minnie ist von dem Kennenlernen weniger begeistert als Umberto und fängt an zu bellen. Umberto beugt sich herunter und hebt Minnie auf seinen sicheren Schoß. Dann sage ich zu Umberto, dass ich ihm gern zeigen würde, was Frank alles kann.

Zum Glück sind die Türrahmen bei uns breit genug, dass Umberto durchnavigieren kann. Er folgt mir ins Wohnzimmer, wo ich ihm vorführe,

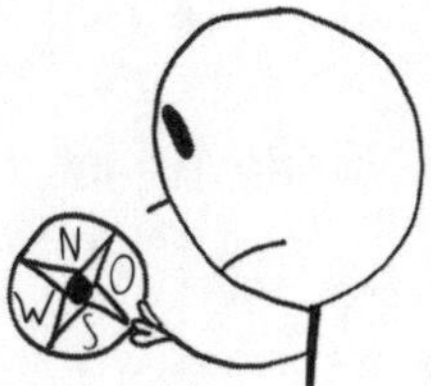

navigieren

wie Frank DVD-Hüllen aufmachen und die DVDs rausholen kann. Dann lege ich das Video vom Affen-College ein, und Umberto schaut fasziniert zu.

»Ich wusste, dass du das cool finden würdest«, sage ich. »Eigentlich wollte ich dir das schon seit dem ersten Schultag zeigen.«

»Ich war so ein Blödmann«, gibt Umberto zu. »Es tut mir wirklich leid.«

Ich schaue immer wieder nach Bodi, der total erschöpft wirkt. Ich mag gar nicht dran denken, dass ich ihn heute beinahe verloren hätte.

Nach einer Weile gehe ich in mein Zimmer und hole meine Filzstifte und mehrere Zeichenblöcke runter. Und dann verbringen Umberto und ich den Rest des Nachmittags mit dem, was wir vom allerersten Tag an hätten tun sollen – wir bringen uns gegenseitig mit unseren Zeichenkünsten zum Lachen.

# Mit WEM bist du befreundet?!

Während des Unterrichts breche ich die Schulgesetze ungefähr tausendmal, um Mom zu simsen, wie es Bodi geht. Sie schreibt, es sei alles okay und ich solle mich gefälligst auf die Schule konzentrieren. Carly und Matt machen sich auch Sorgen um Bodi, und dass ausgerechnet Umberto ihn gerettet hat, hat sie ziemlich geschockt.

Wie erwartet, reicht das Wort »skeptisch« nicht, um Matts und Carlys Miene zu beschreiben, als ich ihnen erzähle, dass Umberto und ich den halben Tag bei mir zu Hause verbracht haben.

skeptisch

»Wegen dem Typen musstest du nachsitzen!«, erinnert mich Carly.

»Er hat deine Comics kopiert«, fügt Matt hinzu. »Und er hat dir einen bescheuerten Spitznamen verpasst.«

»Ja, aber irgendwie hatten wir Spaß zusammen«, versuche ich mich zu rechtfertigen.

Carly wirkt wenig überzeugt. »Und wenn das nur wieder ein fieser Trick von ihm ist, um dich unvorsichtig zu machen, sodass er dich hinterrücks überfällt, wenn du es am wenigsten erwartest?«

jemanden hinterrücks überfallen

»Ja, ich kann mir gut vorstellen, dass er was richtig Widerwärtiges ausheckt und nur auf den passenden Moment wartet, um dich zu vernichten.« Obwohl es seine eigene Idee ist, muss Matt bei dem Gedanken frösteln.

vernichten

Ich lächle, denn ich weiß, wenn es andersrum wäre, würde ich genau dieselben Sachen sagen. Carly und Matt sind echt gute Freunde, und ich kann es ihnen nicht verdenken, dass sie Umberto nicht über den Weg trauen. Ich kann ihnen nur sagen, dass er mir geholfen hat, Bodi zu retten, und mir persönlich reicht das für den Moment. Nach viel Überzeugungsarbeit willigen Carly und Matt ein, Umberto eine Chance zu geben, wollen aber weiterhin wachsam bleiben.

Ich würde lügen, wenn ich behaupten würde, dass ich Umberto jetzt plötzlich hundertprozentig vertraue. Nachdem er neulich weg war, haben meine Eltern natürlich drauf bestanden, die Sache bis ins Kleinste zu sezieren. Und wenn ich sage, dass ich lieber eine weitere Woche nachsitzen würde als mich noch so einer elterlichen Befragung auszusetzen, dann ist das echt nicht gelogen.

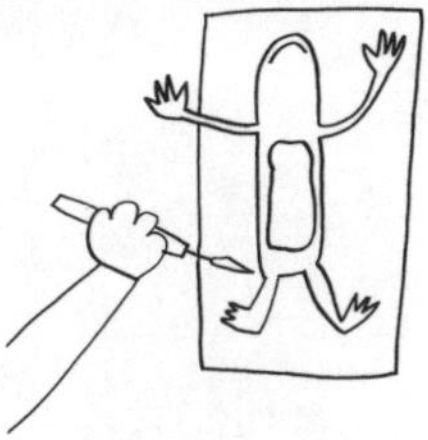

sezieren

Aber heute tut Umberto in der

Schule sein Bestes, ein ganz normaler Klassenkamerad zu sein. Weder schmeißt er mir irgendwelche Spitznamen an den Kopf noch versucht er Streit vom Zaun zu brechen. Stattdessen zeigt er mir ein paar neue Comicstrips, die er gestern Abend gemacht hat – von einem richtig toll gezeichneten Kraken. Ich beglückwünsche ihn zu der ungewöhnlichen Perspektive, aus der das Ding gezeichnet ist.

ungewöhnlich

»Aber wieso hast du dich so drauf versteift, meine Sachen zu kopieren, wenn du doch selber genug originelle Ideen hast?«

Als er loslacht, schwingt der alte diabolische Umberto leise mit. »Keine Ahnung. Vielleicht weil ich wusste, dass es dich in den Wahnsinn treiben würde.«

Seine Antwort leuchtet mir nicht ein und hilft mir auch kein bisschen, die Ereignisse der letzten Wochen zu verstehen. Ich hake es in Gedanken als einen Punkt auf der Liste mit »Sachen, die einfach nur unlogisch sind« ab und renne bei Schulschluss sofort raus, um so schnell wie möglich zu Bodi zu kommen.

»Augenblick noch!«, ruft mir Ms McCoddle hinterher.

»Aber mein Hund …«

»Dein Hund kann warten.« Sie streckt Umberto und mir eine Hand entgegen. »Entweder ihr gebt mir jetzt eure Gemeinschaftsarbeit, oder ihr müsst noch eine Woche nachsitzen.«

»Wer so nett fragt ….«, sagt Umberto und rollt so schnell an ihr Pult heran, dass er quasi mit quietschenden Reifen daneben zum Stehen kommt. »Wenn Sie auf die Schrift achten möchten … Makellos, oder?«

makellos

Ms McCoddle breitet die Blätter, die Umberto und ich gestern bei mir zu Hause fertig gemacht haben, auf ihrem Tisch aus. Ein Lächeln macht sich langsam in ihrem Gesicht breit. »Nicht schlecht, Jungs. Gar nicht schlecht.«

aufheben

»Soll das heißen, das Nachsitzen wird damit aufgehoben?«, frage ich.

Beinahe will sie mir die Haare zerzausen, so wie sie es in der Vorschule immer gemacht hat, aber zum Glück kann sie sich gerade noch beherrschen und zeigt stattdessen zur Tür. »Na los, haut schon ab, ihr beiden!«

Ich liefere mir mit Umberto ein Rennen bis zum Schultor.

Er schlägt mich mit mindestens zehn Sekunden Vorsprung.

Und, wie kommst du mit dem eisigen klima so zurecht?
Na ja, ich kenn's ja nicht anders.
Wie wär's mit Antarktis in Miami-Style?
Nächstes Jahr kommst du mich in Florida besuchen
Abgemacht!

# Matt ist dabei

Nachdem Umberto ein paar Tage lang nett war, überrascht mich Matt damit, dass er Umberto fragt, ob er nach der Schule mit zu ihm kommen will, damit wir alle zusammen abhängen. Umberto bittet Bill, den Fahrer des Vans, uns alle zu Matt zu fahren. Bill denkt kurz drüber nach, dann willigt er ein. Wir schauen zu, wie Umberto seinen Rollstuhl auf die Heberampe des Vans bugsiert. Da wird mir klar, wie oft man im Leben etwas einfach als selbstverständlich betrachtet – wenn ich zu Mom ins Auto springe, um in die Stadt zu fahren, denke ich doch keine

Sekunde darüber nach. Matt nennt dem Fahrer seine Adresse, dann machen wir es uns auf den mittleren Sitzen bequem.

Während Umberto sich mit Bill über das Baseballspiel von gestern Abend unterhält, beuge ich mich zu Matt rüber.

»Ich dachte, wir wollten Skateboardfahren gehen?«

»Machen wir auch«, antwortet er.

»Aber wie denn?«

Doch dann dämmert mir langsam, was Matt ausgeheckt haben könnte, und ich grinse breit. »Denkst du dasselbe, was ich denke?«

»Ich wette, mit dem Rollstuhl ist er richtig schnell«, sagt Matt.

Als wir hochschauen, sieht Umberto uns an. »Ich trete jederzeit mit meinen Rädern gegen eure an«, sagt er.

»Diesmal hast du keine Chance«, sage ich.

Bill sagt, er würde sich jetzt einen Kaffee gönnen und Umberto in einer Stunde wieder abholen, dann ruft Umberto noch bei seiner Mutter an, dass er heute später kommt. Wir schnappen uns drei Helme aus Matts vollgestopfter Garage und machen uns auf den Weg zum Abhang oben in seiner Straße.

Spielverderber

Ich will ja kein Spielverderber sein, aber jetzt macht es mir doch etwas Sorge, dass es hier so steil runtergeht.

»Bist du sicher, dass das in Ordnung ist?«, frage ich Umberto.

Spezial-anfertigung

»Es gibt Kids, die gehen mit ihren spezialangefertigten Rollstühlen in den Skater Park in Venice«, erwidert er. »Und das Ding ist rund wie eine Schüssel.«

Matt zuckt mit den Schultern. Im Gegensatz zu mir scheint er überhaupt nicht besorgt zu sein. »Setzt du eigentlich auch deine Arme ein?«, fragt er Umberto.

»Keine Ahnung«, antwortet Umberto. »Setzt ihr eure Beine ein?« Und noch bevor ich das Startsignal geben kann, rollt er schon den Abhang runter.

Matt und ich springen auf unsere Boards und jagen ihm hinterher.

Umberto gewinnt, aber nur mit sehr kleinem Vorsprung. Dann schieben wir Umbertos Rollstuhl den Hügel wieder hoch, wobei wir uns immer wieder abwechseln. Bei der nächsten Abfahrt sausen Matt und ich Slalom um Umbertos Rollstuhl herum.

Als wir eine Stunde später Schluss machen, müssen Matt und ich zugeben, dass Umberto uns heute dazu gebracht hat, so schnell zu fahren wie noch nie.

»Nur weil ich in Sachen Beweglichkeit eingeschränkt bin, heißt das noch lange nicht, dass ich euch nicht locker abhängen kann«, sagt Umberto und strahlt. »Ihr müsstet mich erst mal beim Basketballspielen sehen.«

Wir nehmen uns drei Eis am Stiel aus der Tiefkühltruhe und setzen uns auf den Bordstein, um auf den Van zu warten. Ich kratze all meinen Mut zusammen und frage Umberto, woher er seine Behinderung hat.

»Ich kam mit einer kaputten Wirbelsäule zur Welt«, erklärt er. »Ich hab schon als Baby gelernt, mit dem Rollstuhl klarzukommen.«

Bill kommt angefahren, Umberto steigt ein und winkt uns zum Abschied.

Als der Van um die Kurve verschwunden ist, greift Matt nach seinem Skateboard. »Ich finde ihn nett«, sagt er. »Und mit dem Rollstuhl ist er echt verdammt schnell. Aber ich weiß immer noch nicht, ob ich ihm ganz vertrauen kann.«

Ich weiß, was er meint, aber ich weiß auch, dass Freundschaft ohne Vertrauen nicht funktioniert. Und ich will nicht derjenige sein, der eine möglicherweise wunderbare Freundschaft sabotiert, bevor sie überhaupt angefangen hat. Also beschließe ich, Umberto zu vertrauen und abzuwarten, was kommt.

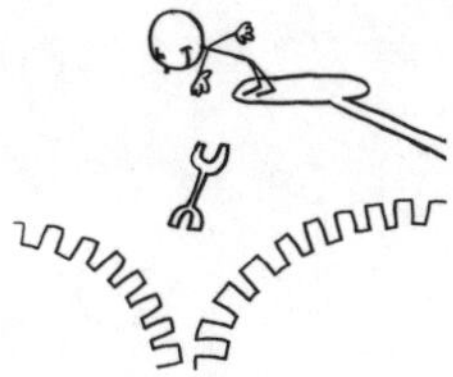

Sabotage

## Die beste Idee, die ich je hatte

Bodi erholt sich allmählich von seinem Schlaganfall, sodass ich mich immer mehr entspannen kann. Eines Abends liefert mir Mom beim Essen einen Bodi-wird-eben-alt-Vortrag, der mich dazu bringt, in meinen gebratenen Reis hinein zu heulen. Ich weiß, dass Bodi langsam alt wird, und ich weiß, dass es diesmal echt knapp war, aber könnte ich bitte das Leben mit meinem Hund noch eine Weile ungestört genießen? *Psssst, Mom. Lass mich bitte in Ruhe weiteressen.*

Seit ein paar Wochen hänge ich immer wieder mit Umberto ab und ich weiß einige seiner guten Eigenschaften inzwischen sehr zu schätzen. Trotz des miesen Starts, den wir miteinander hatten, stellt sich raus, dass er Freundschaften echt ernst nimmt, fast genauso ernst wie Carly und Matt. Er beweist es mir, indem er mir bei den Englisch-Hausaufgaben hilft oder mir Bücher empfiehlt, die zwar meinen Lesefähigkeiten entsprechen, aber trotzdem keine Babybücher sind. Er gibt mir sogar Tipps, wie ich meine Comicschrift besser hinkriegen kann. Im Gegenzug verrate ich ihm ein paar Tricks, die ich von Dad kenne, und lasse ihn, wenn er bei mir ist, auch die hölzernen Zeichenpuppen benutzen.

Beweis

Aber die bahnbrechendste Idee kommt mir, als Matt und ich mal wieder Unterricht bei Heinz nehmen. Während er in seinem chaotischen Truck nach Boards und Schuhen für

bahnbrechend

uns sucht, blättere ich ein paar Broschüren durch, die in einer Schachtel hinter dem Fahrersitz stecken. Und in dem Augenblick schießt mir ein unglaublicher Gedanke durch den Kopf. (Übrigens: Wie sich herausgestellt hat, war meine letzte geniale Idee – Frank als Helfer für Umberto auszubilden – doch nicht so genial. Umberto mag Frank nämlich, hat aber gesagt, er würde kein Kapuzineräffchen als Begleiter haben wollen. Ist wohl nicht jedermanns Sache.)

Meine neue Idee ist aber tausendmal genialer, und es kostet mich mehrere Wochen, sie in die Tat umzusetzen. Der Plan ist so kompliziert, dass ich sogar Umbertos Mom mit einweihen muss, als ich sie an einem Sonntagnachmittag kennenlerne. Ihre Augen leuchten auf, als ich ihr erzähle, was ich vorhabe. Dann sagt sie, ich könne auf jeden Fall auf sie zählen, und das

kompliziert

nehme ich als Zeichen dafür, dass meine Idee wirklich die beste aller Zeiten sein könnte.

Wie erwartet, hat Carly eine Million Vorschläge dazu, und die meisten sind echt grandios.

* * *

An dem Tag, an dem wir Operation Umberto starten wollen, schauen Carly, Matt und ich zu, wie der Van die Bay Street in Santa Monica runterfährt. Umbertos Mom, sein Bruder Eduardo und Bill warten geduldig, bis Umbertos Rollstuhl auf den Bürgersteig heruntergelassen ist.

»Was soll das denn werden?«, fragt Umberto. »Eine Überraschungsparty, oder was?«

»Könnte man so sagen.« Ich stelle mich hinter seinen Rollstuhl und schiebe ihn zum Parkplatz, wo Heinz

unverwüstlich

wie immer seinen unverwüstlichen Neoprenanzug und ein Lächeln im Gesicht trägt. Er wühlt in seinem Truck und wirft Umberto dann einen Anzug zu.

Umberto starrt uns verdattert an.

»Wenn du surfen willst, brauchst du einen Neoprenanzug. Das Wasser ist kalt«, sagt Heinz.

Umberto schüttelt immer noch verständnislos den Kopf.

Ich halte ihm eine von Heinz' Broschüren über Behindertensport hin. Auf der Vorderseite ist ein Foto von Heinz – mit einem körperlich behinderten Kind vorne auf seinem Surfboard.

Umberto steht die Angst ins Gesicht geschrieben. »Das kann ich nicht«, sagt er. »Was, wenn ich runterfalle? Ich kann doch nicht mal schwimmen, geschweige denn surfen!«

»Heinz ist die ganze Zeit bei dir«,

sage ich. »Außerdem wirst du das Ding hier tragen.« Ich werfe ihm eine Schwimmweste aus Heinz' Truck zu.

Umberto hält den Neoprenanzug hoch. »Ich weiß ja nicht mal, ob ich den hier anziehen kann.«

Heinz, Matt und ich stellen uns um den Rollstuhl herum und halten Badehandtücher hoch, damit Umberto sich dahinter in Ruhe umziehen kann, ohne gesehen zu werden.

»Ist nichts anderes, als wenn du dir eine normale Hose anziehst«, sagt Eduardo. »Dauert nur zwei Sekunden. Na mach schon.«

Carly und Umbertos Mutter stellen sich neben den Truck, während Matt, Heinz und ich weiter die Handtücher hochhalten. Schließlich reißt Eduardo sie herunter, als wäre er ein Zauberer. Umberto sitzt in seinem Rollstuhl – und er hat den Neoprenanzug an.

endlose Fläche

Er grinst von einem Ohr zum anderen - bis er zum Wasser hinschaut und zur endlos scheinenden Sandfläche. »Da komme ich mit dem Rollstuhl nicht durch«, sagt er. »Ihr werdet mich tragen müssen.«

»Hältst du dich für Cleopatra oder was?«, fragt sein Bruder. »Du wirst schön alleine zum Wasser kommen.«

»Und zwar mit dem Ding hier.« Carly kommt um den Truck herum. Sie schiebt einen Rollstuhl vor sich her, der riesige gelbe Räder hat, dick wie Lastwagenreifen.

Eduardo hilft Umberto aus seinem normalen Rollstuhl raus und in den neuen rein.

»Die benutzen wir immer für unsere behinderten Sportler«, sagt Heinz. »Schnell ist man damit nicht, aber man kommt durch den Sand.«

Umberto kurvt schon über den Parkplatz und hält auf den Strand zu.

Ich schaue zu seiner Mom hin – sie hat Tränen in den Augen. Als sie sieht, dass ich sie anschaue, wischt sie sich hastig mit der Hand übers Gesicht.

»Umberto war seit Jahren nicht mehr am Meer«, sagt sie. »Als Baby hat er es geliebt, an den Strand zu kommen.«

Der neue Rollstuhl bleibt ein paar Mal im Sand stecken, aber Umberto schafft es trotzdem, voranzukommen. Wie bei einer Prozession folgen wir anderen ihm bis zum Wasser. Heinz zeigt Umberto, wie er sich im Rollstuhl nach vorn beugen soll, damit er ihm die Schwimmweste anlegen kann.

Prozession

Dann erklärt Heinz, dass sie auf seinem Longboard zusammen rauspaddeln werden. »Wir warten auf die richtige Welle, dann stelle ich mich hinten aufs Brett und du liegst vorne, Umberto.«

»Wie bei einem Boogie Board«, sagt Carly.

»Wenn du runterfällst, keine Sorge, die Weste hält dich über Wasser, und ich komme sofort, um dich rauszuziehen.« Mir wird klar, Heinz ist nicht irgend so ein verrückter Hippie-Surfer, sondern jemand, der seine Leidenschaft gerne mit anderen teilt, speziell mit behinderten Menschen, für die alles nicht so einfach ist. Ich verstehe immer besser, wieso Carly ihren Surflehrer so gern mag.

Leidenschaft

Während wir darauf warten, dass Umberto aufs Meer paddelt, lässt Carly ihren Blick über die Wellen gleiten. Ich muss sie nicht erst fragen, wonach - oder nach wem - sie Ausschau hält. Sie wird rot, als sie sieht, dass ich ihr zuschaue.

»Er hat schon eine neue Freundin«, sagt sie.

»Die ist bestimmt nicht halb so nett

wie du.« Kaum ist der Satz raus, tut es mir schon leid, ihn gesagt zu haben, vor allem, weil Matt direkt neben mir steht und mich bestimmt gleich damit aufziehen wird.

Carly knufft mich kumpelhaft in den Arm. »Danke für die Aufmunterung. Nach jedem Regenwetter kommt irgendwann auch wieder die Sonne raus, stimmt's?« Dann nimmt sie ihr Board und hechtet hinter Heinz und Umberto her ins Wasser.

Regenwetter

Matt und ich schauen vom Strand aus zu, wie Umberto kräftig paddelt, während Heinz das Brett durch die Wellen steuert.

»Unglaublich, wie viel Kraft er im Oberkörper hat. Das macht der Rollstuhl«, sagt Eduardo. »Ich wette, der hat morgen nicht mal Muskelkater.«

Umbertos Mutter sieht gleichermaßen besorgt und glücklich aus. Als eine große Welle übers Board donnert,

beruhigend

wird Umberto fast runtergespült, aber Heinz hält das Brett gerade, sodass Umberto oben bleibt. Umbertos Mom klammert sich an Eduardos Arm fest, er tätschelt sie beruhigend.

»Heinz ist ein Gott im Wasser«, sage ich. »Er hat praktisch sein ganzes Leben mit Surfen verbracht. Sie werden schon sehen.«

anmutig

Wir schauen zu, wie Heinz sich anmutig aufrichtet, ohne Umberto auch nur ins Wanken zu bringen. Carly sitzt in der Nähe auf ihrem eigenen Brett, und die drei unterhalten sich, während sie auf die richtige Welle warten. Jetzt tut es mir nicht mehr leid, Carly gesagt zu haben, wie nett ich sie finde. So wie sie jetzt aussieht, salzwassergetränkt und glänzend im Sonnenschein ist sie für mich das perfekteste Mädchen der Welt.

getränkt

»Die Nächste schnappen sie sich«, sagt Matt. »Wetten?«

Bei den paar Mal, wo wir surfen waren, war Matt immer der bessere Wellenleser als ich. Ich halte mich meistens an das, was Heinz sagt, aber Matt hat ein eigenes Gefühl fürs Wasser entwickelt. Und tatsächlich, Heinz und Carly rufen Umberto zu, er solle zu paddeln anfangen.

Und das tut er auch – er paddelt wie verrückt, fast als wäre er der Krake in dem Comicstrip, den er gezeichnet hat. Heinz springt auf und lenkt das Board mit dem Körper, mal links, mal rechts, meisterhaft schneidet er sich seinen Weg durch die Wellen. Umberto stößt einen triumphierenden Tarzan-Schrei aus, als das Brett übers Wasser schießt.

triumphierend

Matt, Eduardo und ich rennen ins flache Wasser, um Umberto in Empfang zu nehmen, als Heinz vom Brett hüpft. Umbertos Mom folgt uns, ohne sich die Mühe zu machen, ihre Sandalen auszuziehen.

»Du warst toll!«, sage ich.

»Du hättest mal dein Gesicht sehen sollen!«, fügt Matt hinzu.

Nachdem sie sich vergewissert haben, dass auch wirklich alles in Ordnung ist, ziehen sich Umbertos Mutter und Bruder zurück, damit Heinz das Board wieder aufs Meer hinaus steuern kann. Knietief stehen wir zu viert im Wasser und schauen zu, wie Carly auf ihrer eigenen Welle an den Strand reitet.

Umberto und Heinz drehen noch sechs weitere Runden, bevor es Zeit wird, Schluss zu machen.

»Danke, Mann!«, ruft Umberto mir zu und hört sich dabei an wie Heinz. »Das war der geilste Tag meines Lebens.«

»Alle haben mitgeholfen.« Ich zeige auf Carly, Matt, Heinz, Bill, Eduardo und Umbertos Mom.

Umberto zieht sich wieder seine Klamotten an, wobei er ununterbrochen durch die Badetuch-Barrikade mit mir quatscht. »Ich werde mich jetzt SO WAS von zum Surfcamp nächsten Sommer anmelden!«, verkündet er.

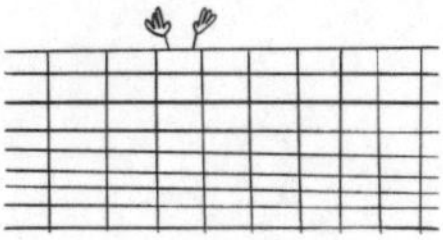

Barrikade

Eduardo hilft ihm geduldig wieder in seinen normalen Rollstuhl. Als Bill mit der Familie davonfährt, winkt Umberto aus dem Rückfenster und sieht dabei wie das glücklichste Kind des Universums aus.

Ich hole aus meinem Rucksack ein paar Wasserflaschen und einen Umschlag für Heinz. Das ist mein Geburtstagsgeld vom letzten Jahr plus eine Spende von meinen Eltern, um Heinz' Kosten für seine Zeit und das Material zu decken.

Spende

Aber Heinz lehnt den Umschlag

kopfschüttelnd ab. »Das Equipment hab ich mir von Freunden geliehen, das kostet also schon mal nichts. Außerdem hab ich den heutigen Tag genauso genossen wie Umberto. Heb dir das Geld für ein andermal auf, wenn wir alle zusammen ein paar Wellen reiten, okay?«

Das mache ich. Und wie gern.

## Was ein Comiczeichner wirklich tut

Umberto hört gar nicht mehr auf, vom Surfen zu schwärmen, von Heinz und von den perfekten Wellen in Santa Monica. Immer wieder schaut er auf der Surfline-Website nach, wie die Wetter-Bedingungen sind, selbst an Tagen, wo er keine Chance hat, zum Meer zu kommen. Seine neue Leidenschaft spiegelt sich auch in seinen Comics mit der neuen Hauptfigur Ketchupflaschen-Surfer-Man wieder. (Ja, subtil war Umberto wirklich noch nie.)

subtil

An einem Nachmittag hab ich Crash im Skateboard-Shop getroffen, als ich mit Dad ein neues Board kaufen wollte. Crash hat mir nur wortlos zugewunken, aber ich hab beschlossen, hinzugehen und mit ihm zu reden. Vielleicht bin ich ja jetzt selbstbewusster, seit ich dieses ganze Chaos mit Umberto durchgestanden habe, jedenfalls fühlte es sich plötzlich nicht mehr ganz so komisch an, auf Crash zuzugehen. Wir haben uns über Boards und über Heinz unterhalten, aber kein Wort über Carly. War wahrscheinlich auch besser so. Für mich war Crash an dem Tag mehr der Junge, der dieser Frau in Moms Praxis geholfen hat, als der Typ, der mit meiner besten Freundin Schluss gemacht hat. Mit Crash Zeit zu verbringen – auch wenn es nur ein paar Minuten waren – milderte mein schlechtes Gewissen ein bisschen, weil ich mit Matt doch immer mal wieder über ihn hergezogen war.

Meine Comic-Arbeitsgruppe ist inzwischen zu Ende, genau wie Matts Comedy-Club (worüber Mr Owens sehr viel trauriger zu sein scheint als Matt). Also hab ich jetzt wieder ein bisschen mehr Freizeit und beschließe, einen neuen Comicstrip zu zeichnen. Der handelt nicht mehr von einem Affen mit Superkräften, und auch nicht von einer kriminellen Babyrobbe, sondern von einem schüchternen Mischlingshund und einem wilden Jungen. Okay, wenn man statt des Hundes einen Plüschtiger nehmen würde, erinnert das Ganze etwas an *Calvin und Hobbes*, aber ich glaube, selbst wenn ich für den Rest meiner Tage nur noch zeichnen würde, könnten meine Sachen nicht mal halb so gut werden. Der Junge in meinem Comic ist nicht so hinterhältig wie Calvin und der Hund um Längen ruhiger als Hobbes. Der Titel lautet

hinterhältig

*Der beste Freund eines Mannes*, was an sich schon ein Witz ist, weil der Junge noch weit davon entfernt ist, ein Mann zu sein, aber wenigstens denkt er inzwischen ab und zu nicht nur an sich selbst, sondern erst mal an andere, und trifft dann selbstlose Entscheidungen. Die meiste Zeit allerdings ist er einfach ein normaler, doofer Zwölfjähriger, und der Hund gibt sich damit zufrieden, mit ihm abzuhängen.

selbstlos

Matt mag es gern, wenn in meinen Comics viel Action ist, also versucht er mich zu überreden, noch was mit Explosionen oder entgleisten Zügen oder so mit reinzunehmen. Ich finde die Ideen klasse, aber in diesen Comic gehören sie einfach nicht rein. In *Der beste Freund eines Mannes* will ich nur zeigen, wie wichtig ein Haustier für ein Kind ist. Ich experimentiere mit verschiedenen Hintergründen herum, und meine Schrift wird auch langsam besser. Dad sagt, das sei meine bisher beste Arbeit, aber der sagt vieles, wenn der Tag lang ist.

Die ganze Woche arbeite ich schon an dem Comic, und ich habe schon tonnenweise Entwürfe weggeworfen, die nicht gepasst haben. Ein paar Mal bin ich nah dran, alles hinzuschmeißen, aber dann denke ich an das, was Umberto mal übers Aufgeben gesagt hat. Die Ausdauer, die er bei seinen Comics an den Tag legt – und im Alltagsleben sowieso –, ermutigt mich, mit meinen Sachen auch weiterzumachen. Es dauert vielleicht noch etwas, aber irgendwann werde ich es schaffen.

Ausdauer

Ich sitze mit Bodi hinten im Garten, den Rücken an den Zaun gelehnt, über uns der blühende Jasmin, und frage mich, ob ich als Comiczeichner gut genug bin, um auszudrücken, wie viel es mir bedeutet, mit Bodi aufgewachsen zu sein. Wie ich mich immer gefreut habe, nach der Schule nach Hause zu eilen, und da stand er schon an der Tür und wartete schwanzwedelnd auf mich. Wie meine allerfrüheste Erinnerung die ist, wie ich die Hand in Bodis weiches Maul stecke. Wie ich auf jedem zweiten Babyfoto neben Bodi auf dem Teppich liege. Wie er mich bei der Windel gepackt und mich aus dem Meer gezogen hat, als ich zwei Jahre alt war. Wie er nach Sommer duftet, wenn er sich im feuchten Gras gewälzt hat. Wie er immer ein kleines Fleckchen Sonne zum Ausstrecken findet, selbst wenn der ganze Garten im Schatten liegt. Wie er keinerlei Geschwister-Rivalität gezeigt hat, als Frank zu uns kam. Wie er immer weiß, wann er eine Pfote auf meinen Stuhl legen und mich trösten muss, weil ich traurig bin. Wie es mir nie was aus-

Rivalität

macht, seine Haufen aufzusammeln, nicht mal die Riesendinger.

Dad sagt, die Aufgabe eines Comiczeichners besteht darin, die Momente im Leben einzufangen, die witzig oder von echten Gefühlen geprägt sind. Ich weiß nicht, ob ich je gut genug werde, um all diese Erinnerungen in meinen Zeichnungen auszudrücken, aber ich werde es auf jeden Fall versuchen. Ich schaue zu meinem Hund rüber und bin zutiefst dankbar, dass er noch lebt. Dann nehme ich einen Stift in die Hand und lege los.

Weißt du, was ich total schön finde?
Lass mich raten.
Mit mir hier unterm Jasminstrauch zu sitzen?
Mit dir hier unterm Jasminstrauch zu sitzen.
Dachte ich mir.

**Janet Tashjian** hat bereits zahlreiche Bücher für Kinder und Jugendliche veröffentlicht. Mit den Büchern rund um Derek hat sie einen neuen und witzigen Ansatz gefunden – und zudem ihren Sohn Jake als Illustrator gewonnen. Nach *Mein Leben als Superagent* und *Mein Leben als Stuntboy* liegt nun der dritte Band der Derek-Abenteuer vor.

Autorin

**Jake Tashjian**, der Sohn von Janet Tashjian, hat sich Fremdwörter schon immer mithilfe kleiner Strichmännchen erklärt. Mit seiner Sammlung entsprechender Zeichnungen könnte er inzwischen mehrere dicke Kladden füllen. Wenn Jake nicht gerade an seinen Cartoons sitzt, geht er surfen, liest Comics oder guckt sich Filme an.

Illustrator

*»Anspruchsvoll und Spritzig«*

Hamburger Morgenpost

Janet Tashjian
MEIN LEBEN ALS SUPERAGENT
Aus dem amerikanischen Englisch von Yvonne Hergane
256 Seiten
mit zahlreichen Abbildungen
ISBN 978-3-414-82323-6

In diesem Sommer will Derek nur eines: Endlich ein richtiges Abenteuer erleben. Aber wie soll das was werden: Seine Eltern haben ihn zum Lernen verdonnert, damit er endlich in der Schule besser wird. Da kommt Derek der merkwürdige Zeitungsartikel gerade recht, den er auf dem Dachboden findet. Warum hat seine Mutter ihn aufgehoben? Und warum weicht sie ihm aus, wenn er sie darüber ausfragen möchte? Derek macht sich daran, der Sache auf den Grund zu gehen. Und merkt schon bald: Hier sind seine wahren Qualitäten als Superschnüffler gefragt …

Boje

*Als Stuntboy beim Film groß rauskommen - Ein Jungstraum wird wahr*

Janet Tashjian
MEIN LEBEN ALS STUNTBOY
Aus dem amerikanischen Englisch von Yvonne Hergane
288 Seiten
mit zahlreichen Abbildungen
ISBN 978-3-414-82052-5

Derek größter Traum wird wahr: Da schaut ihm nicht nur ein Stuntman zufällig beim Skateboarden zu, er engagiert ihn auch noch vom Fleck weg für einen Film! Und das an der Seite von Teeniestar Tanya Billlings. Dann stellt sich jedoch heraus, dass Derek die Stunts für Tanya übernehmen soll. Und um ihr ähnlich zu sehen, muss er eine Perücke tragen! Doch es kommt noch schlimmer: Auf YouTube taucht ein Film auf, der Derek dabei zeigt, wie er lautes Lesen übt. Ist das peinlich! Es scheint, als würde sein Leben schnurstracks in die Katastrophe führen. Aber Derek wäre nicht Derek, wenn er das einfach so hinnehmen würde ...